Ursula K. Le Guin
Conversations on Writing

以想象创造世界

Ursula K. Le Guin
David Naimon

[美]厄休拉·勒古恩　　著
[美]大卫·奈门

邢玮　　　　　　　译

北京时代华文书局

图书在版编目（CIP）数据

以想象创造世界 / (美) 厄休拉·勒古恩, (美) 大卫·奈门著 ; 邢玮译. — 北京 : 北京时代华文书局, 2024.1

书名原文: Ursula K. Le Guin: Conversations on Writing

ISBN 978-7-5699-4741-0

Ⅰ.①以… Ⅱ.①厄… ②大… ③邢… Ⅲ.①幻想小说—小说研究—美国—现代 Ⅳ.①I712.074

中国版本图书馆CIP数据核字 (2023) 第 013247 号

URSULA K. LE GUIN: Conversations on Writing

by Ursula K. Le Guin and David Naimon

Copyright 2018 by Ursula K. Le Guin and David Naimon

Simplified Chinese translation copyright。(2023)

by Ginkgo (Beijing) Book Co., Ltd.

Published by arrangement with Curtis Brown Ltd.

through Bardon-Chinese Media Agency

ALL RIGHTS RESERVED

简体中文版由银杏树下（北京）图书有限责任公司出版

北京市版权局著作权合同登记号 字：01-2022-0317

Yi Xiangxiang Chuangzao Shijie

出 版 人：陈　涛
出版统筹：吴兴元
责任编辑：李　兵
执行编辑：王　灏
特约编辑：邓诗漫　张　怡
责任校对：薛　治
装帧设计：墨白空间·李　易
责任印制：訾　敬

出版发行：北京时代华文书局 http://www.bjsdsj.com.cn
　　　　　北京市东城区安定门外大街 138 号皇城国际大厦 A 座 8 层
　　　　　邮编：100011　　电话：010-64263661　64261528
印　　刷：北京盛通印刷股份有限公司
开　　本：889 mm×1194 mm　1/32　　成品尺寸：143 mm×210 mm
印　　张：3.75　　　　　　　　　字　　数：84 千字
版　　次：2024 年 1 月第 1 版　　印　　次：2024 年 1 月第 1 次印刷
定　　价：60.00 元

纪念厄休拉·勒古恩

（*1929—2018*）

· · ·

编辑用的是红笔，厄休拉用的是铅笔。书稿是厄休拉一周前刚刚交付的，对于书稿，红笔和铅笔有共识，也有分歧。几天前，我们还在发邮件讨论新书的推荐语。一切似乎都在稳步推进。接着，我就开始着手解决厄休拉与编辑之间的分歧。就在忙这项工作时，我得知她去世了。

现在，她离世一周多了，但我依旧不知道该为她做些什么。我阅读了盖曼（Gaiman）、阿特伍德（Atwood）、沃顿（Walton）等知名作家缅怀她的文字，但我自己的心里却空荡荡的，不知道该说些什么。

我再次翻看她的书稿，她充满激情的"对！"，她掷地有声的"我不同意"，这些文字让我真切感受到她的存在，她是如此全力以赴地投入手头的工作中。她让我意识到，再微小的工作，也可以关乎整个世界。她不论做什么，都可以让我们感受到她强大、犀利、充满魅力的人格，不论是在她代表作家和谷歌、亚马逊争论，还是她为了科幻、奇幻小说和男性主导的评论界交锋，抑或是她坚持我们的星球——地球（Earth）一词的英文首字母应该大写的时候，均是如此。

以想象创造世界

她以认真的态度对待所有事情，不论大小，因为在她看来这些事内在机理是一致的。我意识到这一点以后，也奋力向她看齐，以她的方式对待语言、文字。我很遗憾没有机会和厄休拉一起推广本书，我本是希望和她一起将它交付给读者的。对我而言，能参与她作品的创作，已是一件幸事，能参与这本书的创作，更是让我备感荣幸，因为这是她漫长、精彩人生旅途的最后几部作品之一。

厄休拉身为作家能脱颖而出，有很多原因，其中之一就是她能借由想象，探索人类如何拥有一个更美好的未来。现在，她将接力棒传到了我们手上，我们需要想象我们想要的世界，并创造相应的语言、文字去承载这一梦想；我们要善待地球，就像她一样，关注、呵护我们的地球家园。我想这是纪念她最好的方式。

大卫·奈门

2018年2月1日

目录

Ursula K. Le Guin

前言

采访中令人恐惧与厌恶的场景

有一类采访者，他们看了出版社公关人员对你作品的评论，捎带着扫了几句简短的引文后，就会抽取一句大声朗读，然后以真诚的语气问："你能否借此机会给我们展开讲一讲？"我最怕碰到的就是这一类采访者。

这类采访者应付只出过一本书的社会名流们，足矣。就算名人不是作品的真正操刀者，也不打紧，因为采访者自己也没读过几页，大家想要的就是几句简要的引述。

"给我们展开讲一讲"的采访模式，对旨在通过写作传递知识或信息的严肃作家或许也行得通。因为他们确实希望通过重复，来确保信息的准确传达。

不过，对那些殚精竭虑、尽力将自身复杂的思考编织为文字的作家而言，这种采访模式就难以奏效了。他们听到别人朗读自己的文字固然欣喜，但当采访者的潜台词是他需要换一种方式讲述，或者说他可以讲述得更好时，他恐怕就高兴不起来了。"济慈（Keats）先生，您诗歌中对夜莺的描述很有意思，能否给我们展开讲讲呢？"

我很幸运，在没有经过事前沟通的采访中遇到过几位与此截然不同的采访者。我和比尔·莫耶斯（Bill Moyers）的几次谈话就十分愉悦。我与他的谈话也成了我衡量一次采访成功与否的永恒标准。他采访你时，你会希望采访可以一直持续下去。对话中，参与者谈论的话题都是他们深入思考过的，并且他们会认真倾听对方的发言，从而进行针对性的思考。正因为如此，双方可以激发彼此在对话过程中产生新的想法，以进一步交流。他们可能会有分歧，有时甚至是基本立场上的对立，但他们绝不会在交流过程中带有敌意。因此，差异反而可以提升他们对话的层次，让它变得更加深邃、坦诚。

我现在只需听一两个问题，就可以判断一次采访能否成功。倘若双方都看出端倪，知道采访铁定失败，那仅仅维持对话也会是份苦差。我会想："这种诡异的问题，我该如何回答是好？"采访者则会想："天哪，她又沉默了十秒，然后只是'嗯'了一下。"

成功的采访就像精彩的羽毛球对打。你的直觉会告诉你，你可以让羽毛球在空中持续飞翔，你只需盯着它，让它飞来飞去即可。

我和大卫初次见面是在科布电台一间可爱、时髦的录音室里。我们都有些紧张和不适应，好在我们很快就进入了状态，羽毛球也顺利地飞了起来。

作为小说家，我可以毫无顾虑地谈小说，但作为诗人，我就不好意思夸夸其谈了，我毕竟是业余的。谈论诗歌的人，总是在和其他诗人进行对话。这些诗人往往要求苛刻、观念偏执，甚至带有敌意。此外，他们有时还很排外。我有一次参加写作工作坊，当天夜晚，与会者依次朗读了作品，诗人朗读时，散文作家都在专注地聆听，轮到散文作家朗读时，在场诗人却无一例外地起身离场。另外，诗人有他们特有的话语体系，我对此并不擅长。所以，我刚开始面对大卫的诗歌采访时还有些紧张，好在我的焦虑很快就一扫而空了。要知道，克服焦虑，最有效的方式莫过于沉浸在交流的乐趣中。

非虚构作品不同于诗歌，但对我而言，谈非虚构作品也有谈非虚构作品的难处。我在面对采访者的问题时，总是提心吊胆，因为我不知道他会问什么。他或许会问叔本华（Schopenhauer）、维特根斯坦（Wittgenstein）以及西奥多·阿多诺（Theodor Adorno）对我作品的影响，但我根本就没有读过他们的大作；他或许会问我对同性恋理论、弦理论的看法；他或许还会让我给听众讲讲道家学说；等等。当然，他最有可能问的就是我对人类未来的构想。诚然，我知道自己对很多领域都一窍不通，但这并不意味着我愿意在众人面前揭露我的无知。我非常感激大卫，他尊重我学识和智慧的局限性，让我不至于走进阿波罗的特尔斐神殿，无助地祈求神谕的帮助。

我有时会遇到一些采访者，他们可以敏锐地看出我喜欢谈自己的职业。

大卫同我一样喜欢谈自己的本行，所以我们一拍即合，做了这一系列采访。

最后，我想感谢科布电台为我们提供的平台。过去五十年，科布电台一直都是俄勒冈州从未间断的最强音，从艺术到思想自由，再到兼容并包的态度，都是科布电台谈论、倡导的主题。如今，美国被争执、谎言，还有愚蠢的暴力日渐割裂，不过，如果你可以安静下来，倾听以科布电台为代表的声音，你就会发现，它们或许可以化作纽带，将我们再次连为一体。

厄休拉·勒古恩

2017年10月6日

谈小说

厄休拉·勒古恩说过："小朋友很清楚世界上并不存在独角兽，但他们也知道优秀的独角兽作品必定是真实的。"

读着《地海传奇》（*Tales of Earthsea*）长大的我，阅读中就有上述感受。地海世界中，魔法是司空见惯的，巫师在大地上漫步，群龙在天空中翱翔。厄休拉·勒古恩的文字令我离真实世界愈来愈远，但我的感受却愈加真实。她本质上是一位充满想象力的作家，而非为创作而创作的小说写手。在她看来，想象力并非是用来打发时光的调味剂，可有可无；相反，人之为人，关键就在于想象力，正是想象力塑造了我们。她对此深信不疑，并告诫人们："那些否定龙的存在的家伙，常常会被龙从体内吞噬。"

我打小就坐在勒古恩的想象之翼上四处冒险，一想到要采访真实的厄休拉·勒古恩，我就禁不住好奇，见到她本人会是一番怎样的体验？一边是天马行空的科幻作家、巫师，她用文字召唤了诸多世界，比如《地海传奇》中的魔法世界，《黑暗的左手》（*Left Hand of Darkness*）中双性人居住的冬星，以及《一无所有》（*The Dispossessed*）中阿纳瑞斯星球上由工人主导的无政府社会；另一边则是居住在俄勒冈州波特兰市有血有肉的真实女性，日常就和我生活在同一片街区。在我就小说创作要素对她进行专题采访以前，我真的很好奇巫师与肉体凡胎会如何联系到一起。

我们初次见面是在科布电台的工作室里。该社区电台位于波特兰市的东部，主要由志愿者出资运营。采访中，厄休拉给我留下的第一印象是就事论事、脚踏实地，她知道自己想要什么，同时也绝不会让挑事的人胡来。漫漫人生旅途，她经历了许多，但她拥有的可不单单是丰富的经验，经历在她体内早已蜕变成了一种内在的智慧，也正因如此，她似乎无法忍受虚伪做作、装腔作势的行径。后续接触中，我对她的第一印象一次次被印证，我对她的看法也就一直延续了下来。

生活中的厄休拉与想象力丰富、总是翱翔在其他世界的厄休拉是否存在矛盾呢？很奇怪，这一矛盾好像并不存在。现实与想象力密不可分，一位作家，唯有其根须深入大地时，想象的枝干才有可能伸向高空。但我和小说之外的厄休拉接触得越多，我的感触就越深，我越发觉得这在她身上是倒过来的。对她而言，正是她作品中的精神世界，以及充满想象力的内容，赋予了生活中的她无限活力。

厄休拉·勒古恩早已蜚声海外，美国科幻和奇幻作家协会曾授予她"科幻小说大师"称号，美国国会图书馆则授予她"在世传奇"奖。尽管如此，她依旧坚持和小的独立出版社合作，发表作品，从奥克兰的以无政府主义著称的PM出版社到西雅图的女性主义科幻小说阵营水渠出版社，我们都可以看到她活跃的身影。她也经常做客科布电台，她和电台代表的社群有共同的理念与关切，即为社会的边缘群体和被忽视的群体发声。我忍不住大胆猜想，或许正是地海、冬星、阿纳瑞斯等想象世界，这些存在于她脑海中的其他可能的存在方式，为现实生活中的厄休拉注入了动力。它们看不见摸不着，却影响着她的一言一行。

　　和她接触后，我很快就发现语法、句法、句子结构这些看似最为平淡无奇的成分，也会在某种隐形事物的魔力催发下变得灵动起来，这些事物，或是隐藏于其后，或是超越其本身。从语句的长度、节奏、声音，再到时态、视角、代词，每一元素都有其特有的历史、故事、政治及文化内涵。我们说不准结果的好坏，但它们至少可以化作一砖一瓦，成为具体的信息，引领我们走向想象中的未来世界。

大卫·奈门

· · ·

大卫·奈门：对绘画、舞蹈、音乐等大多数艺术形式而言，模仿称得上是学习过程中必不可少的一环，它对艺术家磨炼技艺、寻找自己的声音或风格而言，至关重要。即使是那些最具实验性、创新精神的画家，也往往会有一段时间在绘画风格上和前人相近。你向来都是大大方方地向人们推荐模仿，以此作为一种学习写作的技巧，但传统上讲，好像很多作家都会觉得模仿有些别扭。

厄休拉·勒古恩：或许还谈不上传统上就如此，事实上，人们觉得模仿别扭是近来才有的现象。不论是哪种艺术形式，学习者都应将模仿看作学习的工具，否则，模仿就会沦为抄袭。你模仿的目的是学习、成长，而非出版。你非要出版，当然也可以，但你要点明"这是一部模仿海明威风格的作品"。现如今，由于互联网的普及、大学竞争的愈演愈烈，模仿与抄袭的界限也日益模糊，很多教师出于这方面的考虑，就告诫人们不要模仿，这很愚蠢。你要想写好，就必须阅读优秀的作品，模仿其风格。倘若一位钢琴演奏者连其他人的演奏都没听过，他又如何知道怎么弹奏呢？模仿可以让我们受益，但我觉得我们并没有发挥好它的功效。

大卫·奈门：你经常强调声音的重要性，称语言的声音是一切的起点，并且语言归根结底是一种物质存在。

厄休拉·勒古恩：我可以听到自己文字的声音。我很小就开始写诗，我脑海中会自然回荡起文字的声音。后来，我意识到很多人写作是听不到自己文字的声音的，他们也不试图去听，他们的认知方式有更多的理论或智识色彩。但如果你的身体对文字有反应，如果你能听见自己文字的声音，那么你就可以借由倾听，找到对的韵律，这能帮你雕琢出干净的语句。年轻作家总在讲"找到自己的声音"，但如果你都不肯倾听自己的文字，又何从找到自己的声音呢？对创作而言，文字的声音非常关键，但我们讲授诗歌以外的体裁时，又常常会忽视这一点，这就导致很多人写作时行文不畅，文章总是"咚、咚、咚"地响。到头来，我们还纳闷是哪里出了问题。

大卫·奈门：2000年举办的波特兰文学艺术讲座上，你有一段非常精彩的发言：

> 从回忆到经历，从想象力到创造力、文字，隐藏其下的，均是韵律。回忆、想象力、文字，均随韵律而动。

谈小说

作家的使命就是不断向下探索、深挖，直至感受到节奏的跳动，从而让它指引回忆和想象力找到对的文字。

厄休拉·勒古恩：这要感谢弗吉尼亚·伍尔夫（Virginia Woolf），她在给好友维塔（Vita）的信件中，对节奏进行了精彩论述。她提出风格即节奏，并将节奏比作"意识中的波浪"。节奏的波浪先于文字而存在，并引领文字为其服务。

大卫·奈门：你引用伍尔夫，或许是因为她在节奏运用方面已做到了极致。

厄休拉·勒古恩：她在作品中运用的节奏韵律，绵延含蓄，堪称典范。但我们也可以找到许多其他优秀代表。我曾撰写过一篇文章，讨论托尔金（Tolkien）《魔戒》（*The Lord of the Rings*）的节奏运用。短小的节奏借由重复，变为了整部作品的节奏。许多人钟爱《魔戒》，想必也离不开作品中循环往复的短小节奏。可以说，《魔戒》的节奏捕获了我们的心，让我们乐在其中。

大卫·奈门：有趣的是，你不仅强调了解语法及相关术语的重要性，以及质询语法规则的重要性。你还揭露了一种奇怪的现象：语法虽是写作行当必不可少的工具，却依旧有许多作家有意地回避它。

选自

弗吉尼亚·伍尔夫
《到灯塔去》

（*To the Lighthouse*）

· · ·

　　真的感觉到平静了。平静的信息，从大海吹到海岸。再也不会打扰它睡眠了，以后只会帮助它更好地休憩。不论做梦的人在做什么样的梦，想必都是神圣、充满智慧的，想要确信——它低声诉说的是否还有其他内容——在整洁安静的屋子里，莉丽·布里斯科头靠枕头，听到了大海的涛声。穿过开着的窗户，美丽世界的声音在低声吟唱，但太过轻声细语了，听不仔细，不过，如果意义清晰，又何须纠结于此呢？

选自

J．R．R．托尔金

《魔戒现身》

（ *The Fellowship of the Ring* ）

· · ·

巨大的石基从深水中耸立而出，伫立在上面的，是两位国王的巨大石像。他们双眼迷离，双眉充满裂痕，却依旧凝视北方。每座石像都抬起左手，手掌向外，呈警告之意，右手则握有巨斧，头上戴的是日渐崩裂的头盔与王冠。他们依旧保有往昔的权力与威严，静静守望着早已逝去的国度。

厄休拉·勒古恩：我出生于1929年，我们那一代人，包括比我小一点的，都是从小学语法的，语法早已深深印入了我们的脑海。我们熟知句子成分的专有名词，我们也了解英语作为语言是如何运转的。如今呢，大多数学校的学生都学不到这些了，学校对阅读量的要求大不如前，对语法也讲得很少。对作家而言，这就像被扔进了工匠的商店，他是进去了，但他从来没有学过里面五花八门的工具的名称，更别提如何去使用它们了。我们能用十字螺丝刀来做什么？甚至，十字螺丝刀是什么？我们没有给人们提供写作的工具，却一再空喊："你也可以写作！""任何人都具备写作的能力，只要你肯坐下来，拿起笔写就成！"可真相是不论我们做什么，都要事先准备好相应的工具。

大卫·奈门：你提到过图解句子的好处，认为图解可以帮助我们发现语句的骨架。

厄休拉·勒古恩：我上学时并没有学过图解句子，我的上一代人倒是学过。我妈妈和姑婆都会用图解的方法拆分句子，她们曾向我展示过这一技巧。我很喜欢图解句子的过程，对那些具备图解句子的意识的人来说，这是很有启发性的。这就像描绘一匹马的骨架，你画完后肯定会感叹："骨头原来是这样连接到一起的！"

大卫·奈门：句子有骨架的提法很有趣，顺着这个思路，我们也可以说不同的句子在某种意义上也是不同的动物。这就又回到了之前提到的节奏和韵律。每一句话都像动物一样，拥有不同的走路方式，相应的，它也会拥有自身的节奏和声音。

厄休拉·勒古恩：对，每一句话都有自己独有的步伐。尽管如此，所有的语句还是会和作品的整体内在节奏保持一致。

大卫·奈门：你在《写小说最重要的十件事》（*Steering The Craft*）中有谈到自己的一些观念，很多内容都令我眼前一亮，其中我最喜欢的一处是你对道德与语法的论述。你说道德和语言是紧密相连的，但道德并不等同于准确地运用语言。问题就在于我们一谈到语法，就常常会混淆道德问题和准确性。

厄休拉·勒古恩：你阅读《纽约时报》等刊物时就会碰到"语法流氓"，他们总喜欢告诉你什么是正确的。"你绝不能使用副词'hopefully'（满怀希望地，但愿）。'Hopefully, we will go be going there on Tuesday.'（但愿周二我们会在去那里的路上）。这种用法是错误的，你要是这么用，只能说明你是个无知的蠢货。"这就是妄加断言。他们玩弄的无非是社会阶级那一套。关于写作的原则，即想明白、写清楚、讲透彻，乔治·奥威尔（George Orwell）已经有了很好的论述，而以上提

选自

乔治·奥威尔

《1984》

. . .

"It was a bright cold day in April,

and the clocks were striking thirteen."

("四月里晴朗寒冷的一天,

钟敲了十三下。")

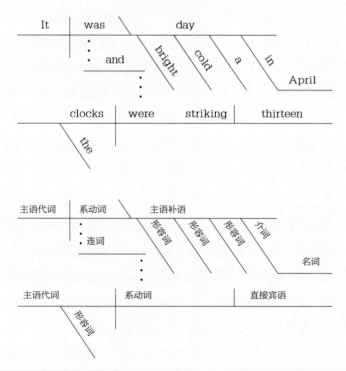

到的表达与奥威尔说的南辕北辙。他们不过是在强调自己的阶级比别人高贵罢了。如今的问题在于不少人没怎么在学校里学过语法，一旦有所谓的权威居高临下地大放厥词、发表类似的观点，他们就会信以为真。我一直在积极抵制这一现象。将"They"（他们／她们）用作单数人称代词就是一个相当有趣的案例。这一用法快把语法流氓们逼疯了，这是错的，错的，错的！不过你要知道，这一用法直到18世纪都是对的，之后，他们就发明了一项所谓的新规则："he"（他）可以涵盖"she"（她）。在18世纪以前，英语中并没有这种用法，莎士比亚就是用"they"来表达"he or she"（他或她）的——而我们在英语口语中其实也一直这么用。妇女运动能将这一用法重新带回英语文学，意义重大。我们现在正站在十字路口，一边是流氓的准确性，另一边则是语言的道德内涵。"他"可以涵盖"她"，但"她"不能涵盖"他"的用法显示了一种观点，蕴含着极大的社会道德暗示。然而我们又不是非要用人称代词"he"不可——我们明明有"they"，为何不用呢？

大卫·奈门：语法的正误与语言涉及的道德价值判断是两回事，这让我想起了你写过的一句话："我们如果不改变英语语言，就无从改变或重塑社会结构。"从本质上讲，我们在语句层面面临的局势与现实生活中的一样严峻。

以想象创造世界

厄休拉·勒古恩：我大一的时候就读过乔治·奥威尔的一篇雄文，他在里面提到英语写作能否做到文从字顺，是关乎政治的大事。我对此印象深刻，很多时候，我只是在重申奥威尔的观点罢了。

大卫·奈门：你的作品就明显地反映了这点。我想到的是你的科幻小说《一无所有》，它讲述的是无政府主义乌托邦的故事。这本小说里想象的世界中既没有财产概念，也不存在物主代词。可以说，书中的世界与它使用的语言是互为映照的。

厄休拉·勒古恩：这个无政府主义国度的创立者意识到，要建立新的社会秩序，就不能沿用过去的语言。因此，他们在过去的语言的基础上，大刀阔斧地改革，从而创立新的语言。这实际上就是奥威尔的理论的具象化。

大卫·奈门：不少语法层面的正误判断，不过是社会倒退趋势的一种表层表现，你将这类判断称作"虚假规则"。《写小说最重要的十件事》中，你就提到了掌握写作工具的重要性。人们有必要了解标点符号的影响力，掌握语法，但你同时也告诫人们不要掉进虚假规则的陷阱。使用有性别指向的人称代词"他"指代男性女性两个性别就是一例，这种用法等同于在句子层面抹杀女性。你的《黑暗的左手》一书就具有先驱意义，书中的性别是可变的，而且你说过，如果有机会重写《黑暗的左手》，你将在句子层面做一些调整。

厄休拉·勒古恩：我在书中用"他"指代双性人，这显然是不能让我满意的（书中的人只有进入卡玛期，也就是发情期后，才会获得性别，暂时成为"他"或"她"）。1968年，用人称代词"they"并不现实，我要是真那么做了，也不会有编辑愿意出版我的书。这本书问世后不久就接连有几部小说出版，它们用的都是作家现编的人称代词，以此模糊性别的边界，我无法走这条路，因为我不能对英语胡来。怎么办呢？我后来改写了《黑暗的左手》中的一章，用"她"替换了每一个"他"，读完"他"的版本后，再读"她"的版本很有趣。不过严格来讲，这种用法也不准确。书中的人并非女性，但用"it"（它）肯定也不合适，只有用"they"才能避免这一困境。我很羡慕芬兰语，另外似乎日本语也可以在某些语境下过滤掉性别色彩。

大卫·奈门：你刚刚指出在句子层面，女性面临着被抹除的危机，之前你也表达过类似的担忧，一旦涉及有关女性作家逐渐淡出人们讨论的现象，尤其是女性作家能否进入经典作家的行列这一话题时，人们就会支支吾吾，对此避而不谈。一次采访中，我记得采访者让你举几个这样的例子，你就提到了格蕾丝·佩雷（Grace Paley），说她正在逐渐被人们遗忘。

选 自

《一无所有》

. . .

　　有一堵墙，它看起来无足轻重。墙体用未经切割的砖石，以灰浆粗略砌筑而成。成人可以一眼望到墙外的景象，就连小孩也可以翻越它。墙体穿过马路的部分并未留门，不过这一部分已然沦为几何图形，化作一段线条，成为一种界限的概念。但这概念是货真价实的，它并非无足轻重，整整七代人的岁月里，它是最为重要的存在。

　　这堵墙也同其他的墙一样，含混不清，拥有两面。它的外面是什么，它的里面是什么，完全取决于你站在它的哪一边。

选自

《黑暗的左手》

· · ·

我又看到了，而且看清了。之前，我一直都害怕知道他既是男性又是女性的事，我也一直都假装不知道。不过，恐惧袭来后，一切解释它源头的必要也就随之消失了，最终，除以他存在的本来面目接受他外，我别无选择。直到那一刻，我都是抗拒的，我不愿承认他的身份。他之前说自己是冬星上唯一信任我的人，但所有的冬星人里，我却唯独不信任他。这话现在想来确实不假，他是唯一一个可以完全接纳我的人类身份的冬星人，他本人非常喜欢我，对我保有绝对的忠贞，因此，他也希望我可以给他同样的认同感，去接纳他，但我就是不愿意这么做。我害怕。面对一个曾是女性的男性、一个曾是男性的女性，我不愿给出我的信任、我的友谊。

厄休拉·勒古恩：我真的很为格蕾丝的名气担忧。那些出版上并不畅销，但备受推崇、深受文学批评家认可的女作家，离世后淡出人们的视野，最终被男性作家取代，这种事常常发生。当然，没有男性作家可以取代格蕾丝·佩雷。她的文字极具感染力，这一点离不开她的女性身份，但反过来讲，这或许也是女性作家被忽视的一大原因。

大卫·奈门：我采访乔·沃顿（Jo Walton）时也和她探讨过这一话题。我们当时在聊科幻小说及奇幻小说的经典作品。她说，如果你只盯着一个时间点或某个个例，你很难觉察出性别歧视，但如果你能后退几步，从远处着眼观察经典作品的形成过程，事情就会明朗许多。她举了威廉·吉布森（William Gibson）的例子。《神经漫游者》（*Neuromancer*）一书曾帮助吉布森一举夺得包括雨果奖在内的诸多奖项，同一时期，C. J. 彻瑞（C. J. Cherryh）也获得了雨果奖，两位作家看起来势均力敌，都引发了热议，得到了广泛关注。六七年后，彻瑞再次荣获雨果奖，她的名气和吉布森不相上下，但几十年后的今天，吉布森已然跻身经典作家行列，而彻瑞呢，很多人连她是谁都不知道。

厄休拉·勒古恩：确实如此。为什么没有人再版她的作品？为什么没有人谈论她？深究其中的原因，我总觉得有些不可思议。厌女症是什么？这是否与男性需要建立一个男性主导的世界有关？这真的是个谜，我也不知道该如何讲下去。

大卫·奈门：如今，作家商品化以及销售部门凌驾于编辑部门之上的现象日益严重，对此，你常常公开抵制。很多抉择都会影响一本书的呈现，现在的问题就在于人们做抉择时，更多地依赖商业利益，而非艺术考量。你一直在极力逆转这一趋势，并呼吁文学不能走时尚至上的路。我觉得你似乎并不是在**反对**时尚，你是想呼吁大家超越现有的流行选择，从而拓展、丰富当下小说及故事的可能性。比方说现在很多人一谈到写作，就只知道一味地使用现在时和短句，这就很有局限性。

厄休拉·勒古恩：活到我这个岁数，优缺点兼而有之。优点之一就是你会在不知不觉中把目光放长远些。时尚在你眼皮子底下来回更迭，因此，如果有人断言这是唯一的创作方式，你会知道这无非是当下的流行、一时的风尚、一种赶时髦罢了——就是那种当你想把稿子立刻卖给一位跟风的编辑时会采用的时尚写法。但我们应当把目光放长远些。要知道，没有什么比去年的潮流更过时了。

大卫·奈门：你能够讲一讲选择过去时或现在时的优缺点吗？你曾说过去式可以让作家更自如地在时间维度上前后穿梭，这更符合人类思维和记忆的运作机制。

以 想 象 创 造 世 界

厄休拉·勒古恩：对的，尤其是当你想要讲述宏大、有深度的故事时，就更是如此了。不过这确实是一个很复杂的问题。不可否认，现在时有它的优势，如果你用对了地方，它会很出彩，但现在的问题就在于人们盲目跟风，吹捧现在时，甚至把它奉为唯一的叙事方式，这个问题在阅读量平平的青年作家群体中尤为突出。现在时当然可以讲好故事，但它绝非万能药，它本身是有局限性的。我常将现在时比作手电筒，因为它的聚焦效果就如同手电筒投射出去的光圈，而光圈的四周一片漆黑。正因为如此，在设置悬念、讲述戏剧化的情节和直截了当的写作中运用现在时，效果甚佳。不过，对于那些宏伟、历时长久的故事而言，例如埃莱娜·费兰特（Elena Ferrante）的大部头作品，或简·斯迈利（Jane Smiley）的《百年沧桑》（*The Last Hundred Years*），一个跨越百年，从1920年逐年讲述到2020年的浩大工程，现在时就捉襟见肘了。如果你想像她们一样讲述宏大、漫长的故事，现在时只会让你寸步难行。另外，将现在时字面地理解为"现在"，或将过去式字面地理解为遥远的"过去"，都是很幼稚的思维模式。

大卫·奈门：我很乐于推荐作家们阅读你的书评，这样，他们就能知道你在分析具体作品时，对特定语境下的写作技巧的思考。比如，你曾在《卫报》（*The Guardian*）上发表过一篇关于大卫·米切尔（David Mitchell）《骨钟》（*The Bone Clocks*）的书评，在里面讨论了现在时。这篇评论写得很好。令我印象深刻的是你将米切尔的写法称为"自我意识流"，并将它和弗吉尼亚·伍尔夫的"意识流"进行比较。同时你也提到了时间的主题，你是这样写的：

时间在《骨钟》里占据着关键地位，但小说从头到尾几乎没用过去时。多数小说读者日常面对的文字，从互联网新闻到短信，都用的现在时，他们对现在时的叙述早已习以为常了。但对于这样一本大部头作品，现在时让它有些难懂了。选择过去时的叙述策略，意味着作家可以轻松地提及过去，并在不经意间延展到虚拟式、条件式乃至将来时；相反，模仿现场目击者的视角连续讲述，时间的关联性就相当有限了，事件之间的联系也会大打折扣。使用现在时就如同黑暗中用手电筒打出一束窄光，只能照亮前行的下一步路，那就是当下、当下、当下。没有过去，没有未来，这样的世界属于婴儿，属于动物，或许也属于永生不死的人。

多么精彩的论述啊！

厄休拉·勒古恩：谢谢。（笑）大卫·米切尔是位值得探讨的作家。

大卫·奈门：我们聊一聊视角吧。现在，第一人称视角比以往任何时期都流行。你说过，第一人称视角早期主要应用于中世纪的日记和圣徒的忏悔录，之后蒙田（Montaigne）在散文中也采用了第一视角，总之，它并未在文学中占据重要的地位，直到最近。

厄休拉·勒古恩：第三人称有限视角和第一人称视角很相似，均采用单一视角。现代小说的视角好像很有限，要么就是第三人称有限视角，要么就是第一人称视角。

大卫·奈门：但从文学史的角度讲，两种视角兴起的时间都相当晚。

厄休拉·勒古恩：亨利·詹姆斯（Henry James）将第三人称有限视角应用到了极致，堪称典范。第三人称有限视角就好比一头奶牛，詹姆斯成功地从它身上挤出了牛奶，而且这是一头了不得的大奶牛，我们今天依旧可以从它身上挤出很多牛奶。但如果你只读现代作品，只看第三人称有限视角，你就无从发现视角在故事中的重要地位，你也无从了解视角的灵活性。因此，我总是乐此不疲地向人们推荐像伍尔夫的《到灯塔去》之类的作品，你可以从中看出她是如何从一个人的意识切换到另一个人的意识的，再比如托尔斯泰（Tolstoy）的《战争与和平》（*War and*

Peace），阅读后你会发现，天哪，他可以在不经意间完成视角转换，而你根本觉察不到任何痕迹，一切都太自然了。你知道你在哪里，你也知道你是在透过谁的目光在观察，但你绝不会有被从一个地方硬拽到另一个地方的突兀感，这就是大师的技艺。

大卫·奈门：你还提出在现代写作中，全知视角也是正当合理的选择。

厄休拉·勒古恩：我们这一代人是读着18、19世纪小说长大的，所谓的"全知"在我们看来很正常，并没有什么别扭的。现在，人们总是以批判的目光看待"全知"及其中作者"全知"的意味，好像它很不光彩一样，这也是我用"权威"视角这一说法替换"全知"视角的原因。说到底，作家**是**小说中所有人物的作家，是他们的创造者、塑造者。如果你能洞悉小说的真相，你就会知道所有人物事实上都是作家本人的投射，所以作家自然有权力揭示人物的内心活动。如果作家对人物的内心活动守口如瓶……这会是什么原因呢？这个问题很值得思考。许多时候，作家对你有所隐瞒，目的很简单，就是为了制造悬念。这也是完全合理的，艺术就是如此。我在这里，主要是希望人们可以想一想其他的选择。要知道，很多美妙的可能都亟待开发。从某种角度来讲，第一人称视角和第三人称有限视角最容易上手，但也最无趣。

大卫·奈门：你之前提过，你在写作工作坊发现，最常见的问题就是你口中的"视角不一致，缺乏连贯性"。

厄休拉·勒古恩：当你尝试从一个人的意识切换到另一个人的意识时，你就容易遇到类似的问题。托尔斯泰和伍尔夫可以精彩地完成转换，但你做起来可能就会生硬许多，有的时候，你甚至自己都没有意识到你是在做视角转换。这就关系到文学自觉，但如果你要顺利完成视角转换，光有高度的文学自觉还不够，你还需要经过相当的训练，掌握必要的技巧。成功的转换可以为你提供人们双眼能看到的视野，甚至比这还要广阔。不要从单一视角去描述事件，而是像《罗生门》（*Rashomon*）一样，从多个视角呈现。但你也无须像《罗生门》一样重复讲述同一个故事，你完全可以边展开故事，边完成视角的转换。根据你的需要，多重视角可以让事件变得扑朔迷离，也可以让事实水落石出。我个人觉得，由于让视角变换成为可能，权威视角是所有视角中最可变通、最实用的一种，也是最自由的。

大卫·奈门：我读过《写小说最重要的十件事》后，才意识到查尔斯·狄更斯（Charles Dickens）的《荒凉山庄》（*Bleak House*）是一本极具实验性的小说。你讨论这本小说时，重心并不在于让读者效仿狄更斯，而是要展示他在轮换视角和交替时态层面所做的不同凡响的选择。

谈 小 说

厄休拉·勒古恩：《荒凉山庄》有一半用的是现在时，这在当时称得上特立独行。同时，这些段落还采取了权威视角，读者阅读时就仿佛透过鹰眼鸟瞰一般，这在任何时期都是罕见的。真是本了不起的小说。

大卫·奈门：你曾指出，现代写作指南常常将故事和冲突混为一谈，你为何这样讲呢？

厄休拉·勒古恩：鼓吹故事即冲突，动不动就问"你故事的冲突在哪里？"，这样的现象值得我们思量。如果你认为故事必须围绕冲突展开，情节必须以冲突为基础，你其实是在让你的世界观变得极度狭隘。并且，在某种意义上这不亚于一条政治宣言：生命就是冲突，因此故事里唯一要紧的就是冲突。这和事实是违背的。将生命看作战斗是狭隘的社会达尔文主义观点，同时，它也折射出大男子主义的思维方式。冲突当然是生命的一部分，我也不是让大家在故事中对此避而不谈，但它绝非生命的唯一命脉。要知道，故事中是有很多元素的。

大卫·奈门：我们日常生活中不论谈什么话题，很快都会用上战争的隐喻，这一点很令我震惊。

厄休拉·勒古恩：我自己会尽力避免说为了什么而"战斗"

或对抗某某的"战争"之类的话。滥用冲突、暴力的词汇来描述一切，是不可取的，我坚决反对。我觉得生命并不是围绕着冲突转的。我记得老子就谈过冲突，他认为应将冲突限制在战场内，那才是它的应属之地。将一切人类行为冲突化，只会让我们丧失生命的丰富可能。

大卫·奈门：你对萨尔曼·拉什迪（Salman Rushdie）的新作赞赏有加，但当谈到其中的冲突时，你的态度是有所保留的。小说中黑暗精灵代表的毁灭力量同创新的冲动有密不可分的联系，这样的设定在你看来是不妥的。

厄休拉·勒古恩：是的。小说结尾有这样的暗示：没了战争，我们就会变得平和、无聊、枯燥，所做的事情也会变得毫无意义。从我的经历和感受来看，战争与和平的关系绝非如此。我的童年就是在第二次世界大战中度过的。全面战争期间，创造力可没有多少发展的余地。逃离战争，就如同逃离了漆黑的地带，迈向外部的广阔世界，在这里，你的大脑终于可以放下战争、战备、打仗的重担，畅想其他可能。在这里，你终于可以摆脱破坏的支配，拥有创造的可能。

大卫·奈门：你坚信科幻、奇幻作品的文学性并不比现实主义小说、回忆录差，你也一直在倡导这一观念。你甚至说过：

谈 小 说

"虚伪的现实主义是我们时代逃避现实的方式。"你之前讲到奇幻作品的传承时，称其绵延不绝、从未中断，上可追溯到《摩诃婆罗多》(*Mahabharata*)和《贝奥武甫》(*Beowulf*)。

厄休拉·勒古恩：我只是想指出最古老的文学形式或许就具有奇幻色彩。它起源于神话、传奇，当然还有经演绎而带有神话色彩的英雄故事，比方说《奥德赛》(*The Odyssey*)。我觉得将类型小说排除于文学之外的观点，如今已然过时，但我过去一直都坚持为类型小说正名，呼吁让类型小说归属文学，其经典也可比肩《愤怒的葡萄》(*The Grapes of Wrath*)，这个过程太过漫长，以至于我现在想改口也难了。当然，大多数作品是达不到《愤怒的葡萄》的高度的，多数现实主义作品也无法与其相提并论。好在很多人已经意识到简单地按体裁、类型评判作品有失公允，会埋没很多优秀的作品。

大卫·奈门：你在1974年写过一篇名为《美国人为何惧怕龙？》("Why Americans Are Afraid of Dragons?")的文章。如今，美国人和龙的关系是否稍有缓和呢？

厄休拉·勒古恩：对也不对。这已经超出"类型小说是否属于文学"这一问题的范畴了。美国人对使用想象力的畏惧是根深蒂固的。我们从学校的教育中就可看出端倪，孩子们的小说阅读量逐年下降，至于诗歌，他们现在还读吗？我们的教育体系究竟是如何培养和训练孩子的想象力的？老实说，我并不知道，所以我也不应该讲太多。

大卫·奈门：我觉得你在《写小说最重要的十件事》一书中，也以一种恰当的方式对该话题进行了复杂的讨论。你旁征博引，引用了伍尔夫、马克·吐温（Mark Twain）、狄更斯，也引用了玛格丽特·阿特伍德、托尔金，值得注意的是，你甚至还引用了雷獾（Thunder Badger）之类的地方传奇。它们为不同的技巧提供了鲜活的案例。书中，你灵活地游走在不同的世界里，游刃有余地应对迥异的风格，一如你在创作小说时的表现。但同时你的书中似乎还有句潜台词，即"我提到的一切都属于文学"。

厄休拉·勒古恩：确实如此。前不久，我参与了在书景咖啡馆组织的线上写作工作坊，主题为小说叙述。我发现自己总是在向人们推销帕特里克·奥布莱恩（Patrick O'Brian）的海洋故事，他的长句、描述都值得借鉴。如果你想描写一场海战，那就读奥布莱恩吧。他的动作描写出神入化，但他是如何做到的呢？他确实值得我们研究学习。其实在类型小说里，类似的例子还有很多。

谈 小 说

大卫·奈门：多年来，你一直对道家和佛教都非常感兴趣，你也翻译过《道德经》。这一兴趣对你的写作有什么样的影响？你能否谈一谈它对你小说创作的具体影响。

厄休拉·勒古恩：这种影响是潜移默化的，很难细说，另外我也不擅长分析自己的作品。我的《天钧》(*The Lathe of Heaven*)一书倒是明显采用了道家人生观。菲利普·K.迪克(Philip K. Dick)以《易经》为指南创作了《高堡奇人》(*The Man in the High Castle*)，我没有这样做，我是借由梦境让《天钧》中的动作不断变化，所以你永远无法确定这是梦境还是现实。《天钧》是我所有作品中在表面上最清晰地呈现出我受到的亚洲文化影响的一本。万事万物都在不断变化，你如果问我这本书讲了什么，我会告诉你这是一本关于变化的书。

大卫·奈门：我可能对你下面这段话过分解读了，但我觉得你在分析自我与艺术的关系时确实有佛教思想的影子。你是这样讲的："有的人认为艺术的重点在于控制，我则偏向于认为艺术的重点在于自我控制。我的感受是我体内有一个故事需要被讲述，它是我的目的，而我则是它的途径。倘若我能控制好自己，将自我、愿望、观念及精神垃圾过滤掉，聚焦于故事本身，跟随它的脚步，它就会自己讲述自己……"这一创作模式和有意在纸上写一些东西是有很大区别的。

厄休拉·勒古恩：对，事实上这里有更多的道家色彩，即"无为"的思想，也就是通过不做而达到做的目的。无为听起来很消极。对以冲突主导的西方思想而言，老子的思想乍一听肯定是极其被动的。"你无须行动，只需坐在那里即可。"这就是老子思想难以捉摸，却又极具价值的地方。单单是坐在那里，也可以有很多种不同的实现形式。

大卫·奈门：《写小说最重要的十件事》中，你每一章都设有相应的练习。你个人最喜欢哪一种练习？或者说，作家们觉得哪一种特别有用或特别有挑战性呢？

厄休拉·勒古恩：我在书中提到了"简洁"的练习方法，这是我十四岁时发明的，在那时，我发现我尝试写的故事并非辞藻华丽，只是塞进了太多的词汇，使用了太多的形容词和副词。对此，我针对性地想出了"简洁"的训练方法。我刻意进行了叙述练习，在不使用形容词、副词的前提下，写满一整张纸。这真的是个了不得的挑战，因为有一些关键词也属于副词，比方说"only"（仅仅）和"then"（接着）。你有时根本不可能将它们尽数剔除，但将所有充满水分的形容词以及以"ly"结尾的副词去掉，还是有可能的。按此方法，你可以写出朴实无华的片段。同时，你不得不将所有的精力集中在动词和名词上，文章的内容也会因此变得更加丰富有力。我任教的每一个写作工作坊，基本都会用上"简洁"的练习方法。人们恨透了它！不过他们更加痛恨的是最后一项练习，即"一件可怕的事等着你去做"，这项练习意味着你要砍掉自己习作的一半内容，你要说一样的东西，但你只能用一半的篇幅。

大卫·奈门：你提到最近你参加了线上工作坊，并和新锐作家互动。我很好奇你的个人经历能否启发那些希望找到自己的写作道路的人。你在崭露头角前也经历了相当时间的考验与磨砺，写过很多作品，投过很多稿。能否谈一谈这段经历，比如这段时间大概维持了多久，你又是如何坚持下来的？

厄休拉·勒古恩：在这次写作工作坊和听众分享一些自己的经历，对我来说也是有益的。作为作家，我的职业生涯即将闭幕，所以这个时机也很合适。这听起来或许有些自以为是，但我觉得分享自己遭遇过的挫折和自我怀疑，确实是有意义的，也是有价值的，因为大多数作家都会经历这一阶段。相比其他领域的艺术家，作家总是在独处中创作，因此他们也更容易自我怀疑，而且想要出版作品确实是一件很难的事情。我事业刚刚起步的时候，时不时有机会在一些小众的诗歌刊物上发表一两篇自己的诗歌，读者可能也就八九个人，但这些诗至少是有出版机会的，我的小说却没有得到任何机会。六七年的时间里，我都在按自己的计划坚持创作短篇小说和长篇小说。我竭力发表它们，但都未能如愿，我最后收到的只是一摞客套的退稿信。

但我有成为作家的抱负，我有强大的创作意愿，同时我也有足够的自信，或者说自负，让我坚持下来。"我能做到，而且我能以自己的方式做到。"我就这样一直咬牙坚持，然后"砰"的一声巨响，我的道路打通了。我在一周内卖出了两篇短篇小说，一篇给了商业杂志，另一篇则给了一家小型的文学杂志。门一旦打开，它好像就会保持开着的状态。对于给谁投稿的问题，我也找到了一个更为明晰的方向。我的小说并非传统意义上的现实主义作品，它有一些非现实主义元素。我意识到奇幻、科幻杂志更容易接纳我的作品，它们不会向我抛出"这是什么"之类的问题。奇幻、科幻杂志更为包容，这是我在传统文学的市场上遇不到的。有了这一突破后，我就开始慢慢走上坡路了，我走得很慢，但我确实是在一步一个脚印地向上走。

当然了，在找到正式的文学代理人以前，我都是正儿八经自己投稿的，这一点也不轻松。

现如今，我们有了互联网发表、电子出版、自出版的新途径，这与之前的出版业存在巨大差异，我们到底应该如何看待今天的新途径呢？我也没底。比方说自出版吧，我倒不是说怀疑它，我只是还没摸清它的本质，以及它能帮助作家实现什么。如果你自行出版一部作品，不联系公关公司，不推广作品，不找广告商，会怎么样？我真的不知道。一个人能看到自己的作品出版，当然是件值得高兴的事，但如果他的作品只是在亲戚和朋友圈子里流传，这种欣喜是否会打折扣呢？我说不清。到这个层面，没有人可以提供具体的建议。我们正身处一场变革之中，出版行业何去何从，我们只有在尘埃落定后才能看清，不过我坚信它会有自己的一席之地的。

谈诗歌

我第一次采访厄休拉之前，曾打算和妻子去位于华盛顿州的美国和加拿大边境的北瀑布国家公园远足。但山火已然成为太平洋西北部夏季的新常态，受其影响，公园也关停了，我们只得临时改变行程。我知道厄休拉对斯特恩斯山情有独钟。斯特恩斯山位于俄勒冈州东南角最深处的沙漠高原地带，厄休拉创作《地海古墓》（*The Tombs of Atuan*）及诗歌摄影集《此处》（*Out Here*）时，就从此山的景致中汲取了不少灵感。我和她还未曾谋面，但我依旧拨通了电话，觉得她或许可以提供一些建议来拯救我的假期。

　　厄休拉问我："你见过黑色的夜空吗？"她显然是乐于分享的。"你可以在斯特恩斯山体验真正意义上的黑暗，观赏黑暗夜空中的群星，就仿佛没有光污染一般，这样的地方在美国可是屈指可数的。"电话那头的声音继续讲述着，她的语气里充满了赞叹，透过她的声音，我可以感受到过去无数个夜晚，她在那一片星空下体验过的惊叹与欣喜。

不久以后，我就和妻子来到了"此处"，我们居住的旅店位于一个人口不到二十人的小镇，老板是正统的第五代俄勒冈人。"此处"的夜空最为漆黑，却也最为明亮，野马就在星空下漫步。厄休拉让我同居民说："是厄休拉和查尔斯推荐我们来的。"小镇虽人烟稀少，对我们却甚是照顾。当地农民、农场主的先辈可一路追溯到最早到该地区定居的白人。我和妻子坐在夜空下，头顶上空为闪耀的宁静所充盈，光辉无边无际、深不可测，我们就这样开始思考自己在世界乃至整个宇宙中的位置。我尚未和厄休拉见面，但透过黑色的夜空，以及被夜空照亮的居民，我和妻子在不知不觉中对她有了更深入的了解。

现在，提起厄休拉的诗歌，我最常想到的就是那片纯粹、没有一丝杂质的天空，以及世代在那片天空下居住的人。如果说"想象"一词是我对厄休拉小说的第一印象，那么"冥想"就是我经常与她的诗歌联系起来的词。科幻色彩的诗歌往往萌发在另一个想象的世界，但她不写这样的诗歌。她创作诗歌时想的正是我们当下居住的世界。假若我们能将人造光从天空中剥离，让天空"可见的永恒"再次回归，假若我们能找到一方净土，一方羚羊、丛林狼、鹈鹕和猛禽数量远远多于人类数量的净土，并栖居于此，我们自然就会想到一些值得深思的问题。人类和动物、植物，乃至地球本身，究竟有怎样的情谊？我们的哪些工具、科技、故事和语言值得传递给下一代？我们该如何处理好自身和奥秘、奇迹的关系？我们又该如何面对自己的无知与渺小？

勒古恩的世界并不是一个摩尼教的世界。摩尼教的世界观认为黑暗与光明（darkness and light）是二元对立的，但对厄休拉而言，"阴和阳"可以译作英文的"dark-bright"，即黑暗与光明，正如道家观念所倡导的，看似矛盾对立的双方实际上是一体的，它们互不可分、互相联系且互为依靠。地海世界的居民创作了不少具有道家色彩的诗歌，它们广为流传，其中最古老的就是关于创世之谜的那一首。地海文明选择将这首诗世代相传，就是为了思考光明与黑暗的关系，从而找到他们的归属感。厄休拉巧妙地选择了其中一段作为小说的引语，以此引领读者走进地海世界：一个依旧在努力争取自己与他者的和谐与平衡的世界。

> 静默生言语，
> 黑暗成光明，
> 死亡孕生命：
> 鹰振翅高飞，光辉夺目，
> 唯在寂寥苍穹。

就这样，我们在斯特恩斯山度过了那一年的夏天，之后每逢夏日，山火必会横行，并有愈演愈烈之势。对自然的沉思，如今已然是无法回避的政治话题。我们抬头仰望，看到的是有"人造"色彩的天空，它映照的是人造光线以及人类自身的投影，而非他者。仰望如此天空，我们自然无法萌生敬畏之心，也无从深入冥想，我们与其他存在建立情谊的机会也随之流逝。面对这样的缺憾，诗歌的专注，尤其是以厄休拉诗歌为代表的作品，可以为我们创造契机，弥补缺憾，让一切再次拥有一线可能。

大卫·奈门

· · ·

大卫·奈门：你提到自己创作小说时，有时会听到一个声音，这个声音源自你体内的另一个存在，之后，声音会发展为人物，替你讲述故事。我很好奇，你创作诗歌时会不会也能听到类似的声音呢？

厄休拉·勒古恩：这个问题很复杂。我不怎么创作第一人称诗歌，这类诗歌就相当于小说中人物在向你述说，倒也不是说我完全没有写过这类诗歌，但整体上来讲，诗歌有其自身的创作规律。刚开始，你的脑海中可能会闪现几个词，或者一个简单的节拍，它们自带一种氛围，你知道从中也许能生长出一首诗。我有时候也能很顺地创作一首诗，但创作小说时那种化身为传声筒、传递人物声音、无须与人物争论、让他自己讲述自己故事的感觉，是我在创作诗歌时从未有过的。

大卫·奈门：我知道你不写俳句。不过，读了你的诗集《白日将尽》（*Late in the Day*）后，我觉得其中许多诗句都有俳句的意味。这让我去翻看了罗伯特·哈斯（Robert Hass）《俳句本质》（*The Essential Haiku*）一书的自序，来验证我的直觉对不对。哈斯认为，俳句对时间和空间尤为关注，其立足点多为一年的某个季节，多用平易的语言准确描绘日常生活中的原始意象，阅读俳句会让人意识到人类也是大自然循环的一部分。哈斯提到的特质是否也存在于你的诗歌中呢？

厄休拉·勒古恩：有的，我对他的观点有一种自然的亲近感，我的诗歌也确实有你说的特质，但问题在于俳句的形式，我学不来。我是按韵律思考的，而非音节，琢磨音节的短诗创作对我而言是行不通的。这是我自己的问题，与俳句的诗歌形式无关。我虽然写不了俳句，但我可以写四行诗。四行诗是一种古老的英语诗形式，大多采取抑扬格或扬抑格，大多押韵。

大卫·奈门：谈到四行诗，你有没有特别中意的四行诗诗人呢？

厄休拉·勒古恩：阿尔弗雷德·豪斯曼（A. E. Housman）绝对称得上四行诗的大家，我十二三岁就开始读豪斯曼，他对我影响很深。

大卫·奈门：《书单》（*Booklist*）杂志曾点评你早期的诗集《偕孔雀远行》（*Going Out with Peacocks*），指出该诗集的诗可以分为两类，一类是关于自然的，其中有政治因素的痕迹；另一类是关于政治的，但其中也有自然元素的影子。（勒古恩笑了）这句评论好像也适用于《白日将尽》。我想，有意思的一点是，你的诗歌，即使是自然主题的，人们也能从背景中感受到政治层面的忧虑。《白日将尽》的前言收录了你之前在加州大学圣克鲁斯分校做的演讲"人类纪：残缺星球生活的艺术"（"Anthropocene: Arts of Living on a Damaged Planet"），你在里面表达得很好。

厄休拉·勒古恩：我们写自然，又怎么可能 —— 我想我们也只能用"政治"这个词了 —— 对此避而不谈呢？人类对自己栖息之地的所作所为，都会或多或少地体现在诗人的创作之中，要想完全将政治剥离出去，很难。

大卫·奈门：不过，读者要是跳过《白日将尽》的前言，直接读里面的诗，可能并不会一下子察觉到里面的政治因素。前言似乎是在提醒读者，对静穆、宁静以及情谊的呼吁，本身就是一场颇具开创性的运动。

厄休拉·勒古恩：对的，我觉得确实如此。

大卫·奈门：这本诗集中，很多意象都和时间有关。

乘坐海岸星光号

（Riding the Coast Starlight）

. . .

我看到白色鹈鹕

晨间自宽广溪涧的

水中升起，飞离。

我看到白雪覆盖的银树

静静地自深山

云雾中升起，归去。

羽翼、树枝，成为厚重、高贵、庄严的符号，

书写白茫茫的湮灭。

谈诗歌

厄休拉·勒古恩：对的，书名毕竟是《白日将尽》嘛。（笑）我创作这本诗集大概是在八十五岁，那时我对时间有很多思考。

大卫·奈门：你有好几次都提到"时间即存在""时间即神殿"，另外，在《加拿大猞猁》（"The Canada Lynx"）中，你赞赏加拿大猞猁移动得悄无声息、不留痕迹的品质。这种思想与道家非常类似，尤其是道家关于时间和空间的观念。

厄休拉·勒古恩：对，肯定有道家元素，因为道家对我影响太大了，我的一言一行都有它的影子。佛教元素也有一些，同时，《加拿大猞猁》还是一首挽歌，因为猞猁正在悄无声息地消失，我们面临的是它们灭绝的危机。因此这首诗的情感是复杂的，一方面它赞美猞猁悄无声息的动作，另一方面它表达了对猞猁逐渐消亡的悲叹。

大卫·奈门：前言中，你强调人类与非人类他者之间情谊的重要性。你提到的"非人类他者"不仅指动植物，也包括石头，乃至人造的工具。你有首诗叫《阿普尔盖特家的小印第安研杵》（"The Small Indian Pestle at the Applegate House"），就很有代表性。该诗通过"手"（hand）、"拿"（held）、"握"（hold）等词语的重复，让读者真切感受到了多重情谊。这不仅仅是使用者与工具之间的联系，同时也有他同先前使用者，乃至工具制造者之间的联系。你还在前言中说自己反对"用技术搞定一切"的观点。我猜很多人读过你关于研杵的诗之后，再联系你在前言中的观点，会觉得你有些反技术。

厄休拉·勒古恩：对啊，是这样的，我立马就会被贴上"阻碍技术进步人士"的标签。

大卫·奈门：你能否帮我们再分析分析呢？因为研杵看起来，好像也算技术，就像语言也是技术一样。

厄休拉·勒古恩：研杵当然属于技术了，而且是一项已经流传了上千年的伟大技术。我个人反对的是近些年以来人们对"技术"一词的片面理解。一谈到技术，大家想到的就是所谓的高端技术，以及资源掠夺型技术，这些是我们现在追捧的。研杵和研钵肯定算得上成熟的技术，并且十分实用。我们所有的工具，包括最简单的那些，都属于技术范畴，而且很多已经经过改进，臻于完美。它们可以很好地完成自身使命，已无再改进的空间，比方说菜刀，谈到其用途，我们想不到更好的工具，你还指望握什么呢？你可以买一个精密的机器帮你完成切肉之类的工作，但这又能怎样呢？你追求的无非是高端技术所说的"节省时间""无须亲自动手"一类的广告语。人们总是说我反技术，别逗了。

谈诗歌

（两个人都笑了）我写作，不是也用钢笔、铅笔或电脑吗？这是我的工作，我一直都在使用技术。但话说回来，即使没有电脑、钢笔或铅笔，我也会想办法在木板或石块上刻字的。

大卫·奈门：对的，你之前也引用过玛丽·雅克布斯（Mary Jacobus）的话，她说："没有生命的事物和安静生长、没有情绪的树木，也拥有无声的语言，诗歌作为一种有序的语言，可以帮助我们尽可能地理解这种无声的语言。"她说的有序语言是否也是一种技术，可以让我们有更多的情谊和沉思？

厄休拉·勒古恩：我不知道我们能否将语言称作"技术"。技术更多指的是工具。语言是我们讲出来的，而且你必须在人生的特定阶段去学习语言，否则你就学不会。语言是**捉摸不透**的。

大卫·奈门：《白日将尽》的前言中，你还提到自己对科学和诗歌的热爱，你说科学是在解释，诗歌则是在暗指。这如何理解呢？还有你将宇宙主体化的想法，这又如何理解？据我所知，提到主体性，人们多会联想到内在的事物，或许是具有自我指向意义的思考，但你并不这么看，在你看来这是向外延展的途径。

厄休拉·勒古恩：弗兰斯·德瓦尔（Frans de Waal）在《纽约时报》发表过一篇文章，讲的是倭黑猩猩互相挠痒逗乐的

阿普尔盖特家的小印第安研杵

. . .

厚实、沉重、纹路细密的黑色玄武石，

周身光滑如流水冲洗一般，一个圆柱体

有着圆钝的两端，一个工具：你定会知晓，

当你感受到它中部微妙的螺旋或曲线

恰好吻合你的手，你知道这弯曲也由手缔造，

年复一年，经女性之手

紧握，也唯有握住此处，

方可确保它自身的重量恰好落入浅碗，

碾碎其中的籽，抬起后再次落下，

一首旋律缓和沉郁的歌谣就此谱写，

并终将融入石头本身，

所以我拿起它时它就告诉我

如何握紧并举起它，将我的手指放在

前人手指的位置，她们造就了它，

现在的光滑方好贴合、填充我的手，

它的自重渴望落下、落下、歌唱。

场景，被挠痒的猩猩，反应和人如出一辙，也是咯咯笑，它一边推开同伴，一边又想让伙伴继续给它挠痒。这篇文章很精彩，也很细腻。很多科学家都试图客体化人类和动物的关系，在他们看来，猩猩幼崽的举动是不能等同于小孩的；这是猩猩自身的行为，我们坚决不能使用描述人的词语去描述它们，我们不能将它人格化。德瓦尔指出，人们对和动物建立联系是心存恐惧的。我们不能，也不会和猩猩或老鼠有任何情谊。但没有了这样的关怀，诗歌还会存在吗？

大卫·奈门：你写过一首诗，题为《麦克伊溪边上的冥想》（"Contemplation at a McCoy Creek"）。这首诗就有将宇宙主体化的意味，它很好地表达了向外延伸的意义。

厄休拉·勒古恩：《麦克伊溪边上的冥想》算得上一首哲理诗，既然说到了它，我就借此机会多说两句。我当时在哈尼县思考"冥想"一词的含义，县里并没有图书馆，我只能自己摸索。"contemplation"（冥想）一词，里面似乎包含了"temple"（神殿），而前缀"con"有"一起"的意思，我就这样摸索出了诗的前几句，之后我又碰巧在一间平房里找到了一本类似于百科全书的词典，里面有一篇专门讲"冥想"的文章，写得非常好，它启发我写了这首诗的中间段落。因此，写这首诗本身也是一次学习领悟之旅。

《白日将尽》前言

· · ·

　　诗歌是一种特殊的人类语言，它可以试图揭示树木、河流的意义。可以说，诗歌以人性的语言为它们发声，这也是诗歌存在的目的。要想揭示其意义，一首诗既可以选择讲述人类个体同石头、河流、树木等事物的关系，亦可直接入手，尽可能地还原它们的真实面貌。

　　科学从外部入手，准确描述世界；诗歌则从内部着眼，精准表述世界。科学解释，诗歌暗指，两者都是对存在的赞歌。我们既需要科学的语言，也需要诗歌的语言，否则我们就会停留于无休无止地堆砌"信息"上，却无从洞悉自己的无知与自私。

谈 诗 歌

大卫·奈门：诗歌开篇，有一句"我于单词中探寻意义"，这让我想起了你接受《美国诗社》（*Poetry Society of America*）采访时说过的一番话。他们有一个名为"初恋"的专栏，专门请诗人聊自己初次接触诗歌、爱上诗歌的经历。你在采访中讲到了托马斯·巴宾顿·麦考莱（Thomas Babington Macaulay）的《古罗马之歌》（*Lays of Ancient Rome*），这是一本叙事诗歌的集子，此外，你还提到了史文朋（Swinburne）的诗作。他们的诗，让你知道诗歌可以讲述故事，并且故事往往比词汇本身的意义要丰富得多，通过诗句的节拍、旋律，故事的深层内涵会自然流露，这是单词永远无法企及的。这方面你能再稍微讲讲吗？

厄休拉·勒古恩：正因为有深层内涵，诗歌和音乐才是相通的。要知道，你永远无法依靠词汇本身将深层内涵直白地表达出来。尽管如此，你也可以感受到它的存在。诗歌的节奏与节拍，以及文字谱写的乐章，都蕴含着丰富的内涵，这很神秘，不过诗歌本应如此。

大卫·奈门：罗伯特·弗罗斯特（Robert Frost）是这样描述诗歌创作体验的，他说这就好比一个人在听墙另一边几个人的交谈。通过他们语调的起伏、声音的旋律，你可以大致推断他们谈话的内容，但你不可能听清每一个字。

麦克伊溪边上的冥想

. . .

我于单词中探寻意义，我猜测：

位于中间神圣领地的，

正是神殿。从那里见证一切，

并成为被见证者的圣坛。

于溪流边的阴凉处我冥想，

湍急的水流，何以在今年夏初

从高处降临，改变流水的轨迹。

溪流中部，赫然耸立着四块巨石。

杨柳，或欣欣向荣，或已然枯寂，

或根深，或连根被洪水拔起。

山谷上空，光芒四射，

渡鸦自东向西，孑然而过；

影子略过悬崖，

静若渡鸦。冥想告诉我：

人世并未间隔。

翻开书页，我发现：

时光即神殿——时光自身与空间——被观察、标记，

在四分的苍穹下、在以墙围困的沃土上。

想法也与一切融为一体，

跟随流水，追随飞鸟，

观察岿然不动的巨石，思索微妙的飞行轨迹。

慢慢地，在静穆中，无须言语，

空间与时光的圣坛会自然升起。

自我不复存在，化为赞歌的献祭，

最后赞歌也陷入宁静。

以想象创造世界

厄休拉·勒古恩：你可以听出他们的感受，但你无从得知他们谈话的具体内容。借由声音，你可以推断他们的情绪——是的，他的表述太到位了。

大卫·奈门：上次访谈，你在谈论弗吉尼亚·伍尔夫的时候也提到了这一点，据我所知，她没怎么写过诗。你在文章中描述过，阅读她的散文时，你可以感受到声音与意义的密切联系，那么，这种关联和你小时候阅读诗歌时感受到的声音的力量是类似的吗？

厄休拉·勒古恩：文章的韵律、声音和诗歌存在很大差异，因为在一定程度上，文章的韵律更粗线条一些，节拍也拉得更长，这是体现在整个篇幅中的。文章的韵律是一种**整体**的节奏。当然，文章中的句子也有自己的节奏。伍尔夫对此具有极强的洞察力，她有一段文字，专门讲节奏如何启发她创作了一本书。不过这很难讲清楚，你可以获得类似的体验，但你无法找到确切的词语去形容它。我并不觉得我们真的可以找到一个恰如其分的词去描述这样的体验。就像我之前讲音乐一样，你可以坐而论道，但说到底你还是要亲自去演奏。有的人听到音符了，可能就明白了，有的人听后可能还是懵懂的。

大卫·奈门：你成年后喜欢读谁的诗作，推崇哪些诗人呢？

谈 诗 歌

厄休拉·勒古恩：我非常推崇里尔克（Rilke）。我记得有一年夏天，我的状态不太好，确实需要开导。当时我手头恰好有一本麦金泰尔（MacIntyre）译的《杜伊诺哀歌》(*The Duino Elegies*)，我觉得自己能走出那段灰色地带，都要感谢诗集中的几首挽歌。怎么说呢，它们确实让我撑了下来。我不懂德语，所以我只能借助译著反复琢磨里尔克、歌德作品的含义。不过，读着读着，我就开始自己动手翻译了，虽然译得蹩脚，但我可以借助词典理解一个个德语单词。这样读诗，一点也不轻松。你要逐个查阅不认识的德语名词，至于德语动词，它们很奇妙，好像总是出现在稀奇古怪的地方（两人都笑了），不过，如果你能一个单词、一个单词地细抠下来，一首诗这样过下来，你也就懂了。可以说，你自己完成了这首诗的英译工作。这就是我喜欢翻译的原因，不论我懂不懂这门语言，我都会去尝试，就像我之前翻译老子一样。

大卫·奈门：新动向出版社再版里尔克的《时间之书》(*Poems from the Book of Hours*)时，你还为它写过序。

厄休拉·勒古恩：实际上，《时间之书》不是我最喜欢的一本，我个人更喜欢后期的里尔克。他是位难以捉摸的诗人，他的很多诗句，我都读不大懂。即使如此，我还是能感受到他诗句中的乐感。我不会讲德语，但我父亲会，我小时候经常听他念德语，所以我知道德语听起来是什么样的。里尔克诗歌的生命力正是源自其中的乐感，不过他诗歌的旋律也是够离奇的。

大卫·奈门：你能谈一谈是什么吸引了你，让你决定去翻译加夫列拉·米斯特拉尔（Gabriela Mistral）的诗作吗？你在《白日将尽》中有一首诗是专门用来向她致敬的，是什么让你爱上了她？

厄休拉·勒古恩：我对她的作品算不上一见钟情。刚开始读米斯特拉尔时，我的西班牙语很一般。那个时候，我的阿根廷好友戴安娜·拜勒茜（Diana Bellessi）送了几本米斯特拉尔的诗选给我，并说："你一定要读读她。"于是我就翻出了我的西班牙语词典开始阅读，再之后我就爱上了米斯特拉尔，她给我提供了前所未有的阅读体验。世间绝不会有第二个米斯特拉尔，她太独特了。米斯特拉尔得过诺贝尔文学奖，同是智利诗人的聂鲁达（Neruda）也获得过该项殊荣，但遗憾的是人们现在只记得聂鲁达。你知道的，男性很容易获得关注，女性则总是挣扎在被遗忘的边缘。聂鲁达是一位非常优秀的诗人，但对我而言，米斯特拉尔更有分量。

大卫·奈门：那么你翻译过后，再去创作作品时，你的创作会不会或多或少地受先前翻译的影响呢？

墙

. . .

简易、非凡的墙，
没有重量，没有颜色，
空气中的一小缕空气。

鸟儿侧身穿墙越过；
摇曳的光线，
冬日的刀刃，
夏日的叹息，都穿墙而过。
暴风卷落的树叶也穿墙而过
包括万物的投影。

呼吸却无法穿墙而过，
手臂永远无法触及手臂，
胸膛永远无法拥抱胸膛。

Wall

Easy, extraordinary wall,

weightless wall, colorless,

a little air in the air.

Birds pass through it slantwise;

the swaying of the light,

the knife-edge of winter,

the sighs of summer pass across.

Storm-blown leaves can cross it

and embodied shadows.

But breath cannot get through,

arm cannot reach to reaching arms,

breast and breast can never meet.

Muro

Muro fácil y extraordinario,

muro sin peso y sin color:

un poco de aire en el aire.

Pasan los pájaros de un sesgo,

pasa el columpio de la luz,

pasa el filo de los inviernos

como el resuello del verano;

pasan las hojas en las ráfagas

y las sombras incorporadas.

¡Pero no pasan los alientos,

pero el brazo no va a los brazos

y el pecho al pecho nunca alcanza!

厄休拉·勒古恩：哈哈，没错，我确实可以感受到某个诗人的影响，然后我就会想："天哪，我在尝试做里尔克，别闹了，到此为止吧！"（两个人都笑了）

大卫·奈门：我很喜欢你《白日将尽》的后记，你将它命名为《形式、自由诗、自由形式：一些思考》（"Form, Free Verse, Free Form: Some Thoughts"）。你谈到了自己长期追随的诗歌流派，并且根据诗歌流派的要求以及它对形式的规定，你一步步写出了自己的诗作。但你并不是说创作诗歌，就一定要严苛地遵守条条框框，你想要表达的应该是另一层意思。

厄休拉·勒古恩：这就涉及诗歌神秘的一面了，包括它的形式、韵律等。这对很多诗人来说都是显而易见的事，但我开窍比较晚。如果你下定决心要采取某种诗歌形式，你就要认真去做。我们举个复杂的例子吧，比方说维拉内拉诗（villanelle），乍一听，你肯定会觉得这种形式需要过多的雕琢，想要学会它简直是项不可能完成的任务。它的部分诗句要在一定间隔后重复，这可掺不得半点水分。你如果想挑战维拉内拉诗，你就要老老实实地按要求去写。你如果写了一首只是形式类似的诗，就自欺欺人，说自己创作了一首维拉内拉诗，毫无意义。相反，如果你可以严肃地对待规则、遵循规则，你就会以某种形式找到前行的路，当你不得不做一些事的时候，你就知道自己该做什么了。当然，我也说不清其中的奥秘，而且这也不是每次都应验的。十四行诗可能是大家最熟悉的诗歌形式，但它对我而言太难了，我现在基本上不怎么写十四行诗。或许是因为我们已经有了太多太多优秀的十四行诗。我也说不上为什么，但我确实不会因为这件事感到忧虑，它只是一个我与之相处得不那么愉快的诗歌形式。四行诗相对来讲就直接许多，你只需要四行诗句即可。它的定义就是这样简单，但如果你想，你也可以在韵律和押韵上提很高的要求。我觉得不论是哪个领域的艺术家，都会有类似的感受，不论你是某种形式的发起者，还是说你从前辈艺术家身上继承了某种形式，只要你能遵循它的指引，你就可以借此获得完全的自由。我个人觉得相较于自由诗而言，韵诗反而能给我更大的自由，一种不一样的自由。

大卫·奈门：这让我想起了你之前提到的研杵，人与研杵间也存在某种情谊。如果你选择了某种形式，你也是在和与形式相关的历史对话。

厄休拉·勒古恩：一点不错，这确实是件令人兴奋的事，不过你在创作过程中，可千万**不能**想它，否则这将是一场噩梦。

大卫·奈门：《巴黎评论》(Paris Review) 采访你时，你曾说小说创作中，我们也可以将类型小说看作一种形式，有时候，我们选择一种新的类型，就会随之发现新的想法，是其他类型中不会出现的。

厄休拉·勒古恩：当然了。只要你尝试类型小说，并且目的不是赶时髦，或超越某些二流作家，你就会意识到："嗯，这个类型有这样的要求，我必须这样做，但具体怎么做呢？"这里面是有一种使命感的，你会自然而然地严肃对待这一挑战。在这一过程中，你会看到一些之前看不到的东西，你自己单靠想是想不到这些新角度的，因为它们是形式赋予你的。不过我得再说一遍，这很难表述清楚。

大卫·奈门：我有个疑问，为什么你的诗歌里没有科幻和幻想的虚构元素，或者说，基本感觉不到它们的存在？

厄休拉·勒古恩：我无法将二者结合起来。我知道有一个叫科幻小说诗歌协会的机构。我小时候读过丁尼生（Tennyson）等人的诗作，他们很擅长科幻诗，或者在诗歌中融入科幻或科技元素。但我的大脑就是无法将二者结合起来，它们对我而言就是截然不同的两回事。

大卫·奈门：《白日将尽》的后记里，你讲到了自由形式和自由诗，以及你是如何兼顾两者的。你能否再讲讲自由形式呢？此外，你还提到了诗人杰拉德·曼利·霍普金斯（Gerard Manley Hopkins），称他是采取某一形式，之后又对其进行调整、创新的典范。

厄休拉·勒古恩：如果你是一位足够优秀的诗人，你就可以在一首十四行诗中再写一首缩略十四行诗（curtal sonnet）。有的时候，我会忍不住赞叹霍普金斯的技艺，我从没有完全理解过他的跳跃旋律。我一再尝试，就是无法理解。在我眼中，它就是讲不通，而且我都不敢肯定地说缩略十四行诗属于十四行诗，但它确实是一种美妙的诗歌形式。我的诗歌写作小组的一次作业就是创作一首缩略十四行诗，我当时真是吓坏了！（两个人都笑了）

大卫·奈门：我查阅过缩略十四行诗的定义，当时我很快就迷失在繁复的术语中了。一首缩略十四行诗共有十一行诗句，其结构组成恰好是彼特拉克十四行诗的四分之三，是按比例缩略的。[①]

厄休拉·勒古恩：没错。（两个人都笑了）这样解释缩略十四行诗很复杂，不过这也是事实，而且它的最后一行也确实短得出奇。缩略十四行诗的押韵规则也相当繁复，并且你说的定义

① 彼特拉克十四行诗分两部分，分别为八行和六行。采访中称缩略十四行诗有十一行，严格来说应是十行半，第一部分为六行，第二部分为四行半，最后半行称作尾行，这样其结构、行数就恰好是彼特拉克十四行诗的四分之三。——译者注

并没有强调它是由两部分组成的，一部分六行，一部分五行，两部分之间有间隔，这点和古典的十四行诗是相似的，中间都有转折。

大卫·奈门：2014年，美国国家图书基金会向你颁发奖章，以此感谢你为美国文学做出的杰出贡献，你当时发表了一场精彩而又犀利的演讲，主题是艺术商品化与艺术实践的矛盾。那次演讲当即引发了热议。

厄休拉·勒古恩：那是我的十五分钟，属于我的完完整整的十五分钟。第二天醒来后，我才意识到自己做了件了不起的事。

大卫·奈门：《白日将尽》一书的结尾，你以这篇演讲稿作结。你说反抗、变革往往源自艺术，而在艺术的诸多领域中，我们又往往会在语言艺术中最早发现反抗与变革的嫩芽。

厄休拉·勒古恩：说到底，独裁者对诗人是心存畏惧的。这句话在很多美国人看来是不可思议的，因为他们并不觉得诗人和政治有什么联系。不过在南美洲，或者说在一些独裁国家，人们就不会觉得这句话不可思议了，因为这就是事实。

谈非虚构作品

过去十年，我们看到的是一个更热衷于参与世界事务的厄休拉，她以一个公众人物、公共思想家的身份，为众人所熟知。在此期间，勒古恩曾公开宣布退出作家协会，以抵制作家协会和谷歌就书籍电子化达成的共识，因为这一电子化项目是漠视版权的。美国国家图书基金会授予她美国文学杰出贡献奖章时，她借此机会发表过一次演讲，痛斥当下由于亚马逊等公司的存在，作家和书籍都面临着公司化和商业化愈演愈烈的趋势，许多人认为此次演讲是国家图书基金会成立以来最激烈的一次。如今，勒古恩已然是诸多全国性议题的重要参与者，比方说她阐释过"后事实时代"中"事实"的意义；再比如之前民兵组织占领了俄勒冈州东南部的野生动物保护区，声称要将这一块土地从政府手中"解放"出来，在此背景下，她就如何定义"公有土地"，说出了自己的见解。在同一时期，她还开始分享自己创作初期的酸甜苦辣，借由网上论坛提供写作建议，此外，她还在博客上更新自家猫咪帕尔德的"回忆录"，从而为读者了解她提供了新窗口。

我之前都是在电台采访厄休拉的，但第三期采访的主题是非虚构作品创作，所以将本期的采访安排在她的家中，似乎更加贴合主题。艾琳是科布电台的新闻协调员，她当时碰巧在帮忙做一部关于厄休拉日常生活和职业生涯的纪录片，听到我的计划后，她主动提出做现场采访的录音师。我和艾琳一道出发去厄休拉的家，把采访地点设在了二楼书房，那里非常舒适，而且能确保实地录音达到最佳效果。尽管如此，外面的世界还是会时不时地打扰我们。当一辆卡车从附近的街道轰鸣而过时，我们就不得不停止对话；有的时候，帕尔德也会过来凑凑热闹，看看我们究竟在搞什么名堂，不过待一会后，它就又会离开，回到旁边卧室床上它最喜欢的位置。

你也会像我一样，慢慢发现厄休拉在小说和诗歌领域，状态最为自如，一旦涉及我们现实生活中的宣言与主张，她就多少有些不自在。她在小说《黑暗的左手》一书中写道："你要学习、了解哪些问题是无法回答的，**这样你就不会徒劳地去尝试回答它们，这是我们心情沮丧或身处黑暗地带时最需要的良药。**"尽管如此，在她的散文集、文学批评以及演讲中——这些是她传递观点的文学场所——我们依旧可以看到她对科学和环境、谷歌和亚马逊、女性和经典作品等话题的讨论，她为何这样做？原因或许就是她希望为无声的一方辩护。每一位艺术家、每一个人内部都拥有无法解释的一面，厄休拉是要本着对它负责的精神进行创作。

在非虚构作品访谈的最后，我说能有机会采访她这样在小说、诗歌、非虚构三个领域都有如此丰富经验的作家，实在是太难得了。我们的采访之旅真的非常独特。老实讲，要完成这样的采访，除了厄休拉外，我实在想不到第二个人选。她说："或许我们可以将访谈整理成一本书！"我们确实做到了，她的思考已经变为现实，成为世界中一个客观的存在，摊开放在我们的手中。

大卫·奈门

大卫·奈门：这是我们关于你创作的第三期采访，前两次的采访地点是在电台，这次则是在你的家中。我们之前谈了小说和诗歌，而我听说小比尔出版社即将出版你的非虚构作品，所以这一次我们谈散文和文学批评，也算顺理成章，这样我们就刚好可以涉及各种体裁。读者翻开你的《文字是我的事业》（*Words Are My Matter*）时，首先会看到前言中的一首诗，紧随其后的是这么一句话："我阅读非虚构作品时，很少体验到我阅读诗歌或小说时的那种快感。"可以详细地讲讲这是为什么吗？而且你为什么要开门见山地谈自己对非虚构的兴趣，甚至说自己对非虚构不怎么感冒呢？

厄休拉·勒古恩：我不知道自己能否讲清这个问题。这是我的第四或第五本非虚构作品，但我从来没有把自己定义为非虚构作家。这里的言外之意就是"我并不擅长非虚构作品创作，它不是我的菜"，但我又写了这样一本作品，所以我想我是在兜着圈子向读者致歉。不好意思，我又写了本非虚构作品。

谈非虚构作品

大卫·奈门：那么你作为读者，什么样的非虚构作品比较对你的胃口？非虚构作品中的什么元素能将它提升为一种艺术，并且吸引你呢？

厄休拉·勒古恩：重点是我能读进去什么。我想这也与我年龄大了有关。我需要看到一种叙事，其实阅读中，我一直都是需要某种叙事的，因为我不擅长抽象思维。我会更多地读传记、自传，还有一些科普书籍，比方说讲地质的，它会讲一个贯穿历史的故事，或者说历史本身，这些不会很抽象，也不会很理论化。哲学类的书，我就读不太进去。我大一时上过哲学课，大家都得学。我喜欢这门课程，但哲学就是无法在我的思想里扎根，我无法持续思考哲学问题。我必须找到一个故事作为抓手，如果是寓言的话，我就可以记住。

大卫·奈门：在《文字是我的事业》一书的前言里，你也提到创作小说、诗歌对你而言是水到渠成的事，你有创作的欲望，而且创作以后你会有成就感。你可以评判自己的作品是否足够诚与真，但一到非虚构作品，这就行不通了。非虚构写作对你而言更像是工作，与小说不同，你的非虚构作品要面临专业人士的点评，他们对你讨论的话题，往往要比你熟得多。萦绕在这种烦心的不确定性下，你最终是如何找到稳固的地基、确定自己文章已经写到位，并站稳脚跟的呢？

以想象创造世界

厄休拉·勒古恩：开头很难。我每次起笔，为了找感觉，都要不断尝试。我会写很多开头，不断写，不断扔，直到找到合适的开头，让我真正进入创作的状态。至于说一篇文章怎样才算写到位，这有时确实是一个棘手的问题。几年前，我为一次座谈写了篇文章，题为《渔妇的女儿》（"The Fisherwoman's Daughter"），每次座谈，听众都会给我很多反馈，我不得不一次次地去修改它，直到最后，我告诉自己："够了！我总不能修改个不停吧！"之后我就发表了这篇作品。但这么做并不是单纯为了完成写作，你只是不能无休止地修改下去。而如果作家想针对那些人们看法各异的观点写一篇文章时，我个人觉得你应当至少尝试在文章结尾留有一定的余地。

大卫·奈门：你特别提到过一篇文章，《居住在建筑杰作里》（"Living in a Work of Art"），这篇文章可能是在文集里你个人最满意的一篇。它很难得，因为你并不是受人委托去写的它，你创作它纯粹是出于自己的意愿。你对创作过程的描述也很有意思，"我写文章时，如果我觉得这就像写小说一样，是在直接呈现我的思想，而非表达或传递一些我已经知道的信息或观念，这种感觉就对了。也就是说，这篇文章并非我传递信息的媒介，而是一场探索之旅，写作过程中我会发现一些我之前不知道的事情，这样的创作才是我想要的。"我非常希望你可以分享一下你当初探索、创作《居住在建筑杰作里》的具体过程，讲一讲它是如何成文的。因为我知道，作为读者，阅读这篇文章的一大乐事就是和你一起探索，像你一样发现其中的奥秘。

厄休拉·勒古恩：这篇文章可能是我离自传最近的一次尝试，它追溯了我童年的住处。我十七岁时离开了那里，尽管之后很多年，我还会时不时地回去。所以我是在回忆很久很久以前的往事，里面的一部分内容可以说是一个老太婆在探索她的童年时光。这栋房屋是我的家，但小时候，它就是我的整个宇宙，它对小时候的我意味着什么呢？我在尝试探索这个宇宙的形态，它对我而言究竟有什么影响或意义，它是如何塑造了我？我很确信它对我是意义重大的。加之我本来就特别喜欢我的故居，所以描述它本身就是一件乐事。我享受在那里居住及思考的状态。

大卫·奈门：你是在建筑大师伯纳德·梅贝克（Bernard Maybeck）设计的屋子里长大的。你在文章中说这间屋子在建造之初，就在期待它未来的主人，这令我印象深刻，仿佛建筑师在用想象力给尚未谋面的人创造生活空间。

厄休拉·勒古恩：梅贝克设计房屋时，会思考将来可能会住进什么样的家庭。他并不是要设计一个"供人生活的机械空间"，也不是说要像许多建筑师一样，通过设计作品表达自我。这些建筑师甚至因此备受推崇，但梅贝克不属于这类人，他不会刻意表

选自

《居住在建筑杰作里》

· · ·

  我不知道我可以将我们的梅贝克屋比作哪一本小说，果真有这样一本小说的话，它应该既包含黑暗，也包括耀目的光线；它的魅力既应源自它真诚、果敢、富有创意的构架，也应源自它友善、慷慨的灵魂，此外，它还应该含有奇幻、离奇的元素。

  我写这段文字的时候，不禁想，我对一本小说应该如何创作的认知，是否也师从我的故居呢？这一切是否源自我在故居生活的经历？果真如此的话，那我这一辈子都是在尝试用文字重建我的故居。

达自我，但你一看到他的作品，又可以马上看出"梅贝克"的印记。作为建筑师，他很清楚地将自己的目标展现了出来，但我刚开始写这篇文章的时候，尚未意识到这一点。这一发现让我觉得很受用、很有趣。许多所谓的"明星建筑师"自我意识很强，令人畏惧，而梅贝克与他们不同，他是一个很安静的人。

大卫·奈门：我们谈小说、诗歌时也提到过自我和智慧的用处，它们并非是首要的，因为它们服务于更神秘的存在。我们聊过，词汇除字面意思外，还有深层内涵，这源自句法，源自词句编织成的乐章，正如你之前引用伍尔夫的一段话，这是"意识中的波浪"。你还提到过道家、佛教，其中的"无为"思想，或者说"不做"的思想为你的诗歌创作提供了灵感。这次听你谈梅贝克，说他设计你的旧居时并不是围着自我意识转，这或许同你的创作有着相似的思想观念。你说过自己创作非虚构作品，不是那么得心应手，这是否与非虚构作品总是围绕自我有关？因为里面要谈论很多个人的想法和观念。

厄休拉·勒古恩：没错，你需要将自己的想法**直接**地表述出来，而非含蓄地表达，或婉转地暗示。这会让我变得……怎么说呢，有时会大吵大闹，过于直接，过于具有防御性。

大卫·奈门：文集中，与《居住在建筑杰作里》风格最为两极的，或许就是你2014年在国家图书基金会领奖时所做的演讲。他们邀请你去传递一个信息，从这个意义上讲，这篇演讲稿与这篇关于梅贝克的散文是截然相反的。

厄休拉·勒古恩：我猜他们只是想邀请我去说声谢谢。（笑）不过如果你想传递信息的话，这确实是一次难得的机会。毕竟这是属于你的六分钟，他们可阻挡不了你！

大卫·奈门：我了解到你当时花了足足六个月准备这六分钟的演讲，而且，自初中以后，你还是头一次因演讲变得如此紧张。这次演讲之前，你有哪些不安和焦虑，它们又是如何推动你不断修改讲稿的呢？

厄休拉·勒古恩：我当时想："好的，我有六分钟。"在那间纽约的场馆里，我将直面一些美国文学的权威。我所有的出版商都会出席，另外亚马逊也会有一个专门的席位，当然还有很多其他机构。所以我觉得我有一种使命感，我应该说些有意义的事。但如何在短短的几分钟内表达清楚，又免于口号式的大吼大叫呢？我对文学领域的一些变化深感忧虑，尤其是出版行业的一些现象，我知道有一些事情确确实实是在朝错误的方向走，我想谈谈这些。另外，尤其是大选以后，我们更明显地感受到时代在急剧地发生变化，一切都难以预料，这很可怕。糟糕的时代里，不论艺术有什么变化，语言艺术都会变得尤为关键，你在糟糕的时代说什么是很重要的一件事。这让我想起老子的《道德经》，它对我影响很大。这本书创作于中国的动荡时期，如果我没记错的话，是战国时期。这段历史中内战、侵略兼而有之。事实上老子当年是被流放了，在关于他的传说中，这就是他写作这本书的原因。在穿越国界，到"外围的世界"之前，他在国界附近的客栈逗留了几日，他就是在这段时间用一两个夜晚写了这本书。所以，当时代变得糟糕的时候，你需要发出自己的声音，表明自己的态度。我也想这么做，但首先我要想清楚表达什么。

大卫·奈门：有的人可能不知道，为了以防万一，我还是提一下吧，你的演讲当时就引发了热议，全球各大媒体都有报道。

厄休拉·勒古恩：没错，那十五分钟后，我的名气一下子大了不少。我很吃惊，因为我当时觉得除了在场的听众外，没有人会听我的演讲，但我忘了在场的很多人都是记者，他们有敏锐的嗅觉，绝不会放过任何热点。

大卫·奈门：刚才我们讨论了你对自我、意识的定位，以及它们同艺术之间的关系的看法。现在，让我们回到《文字是我的事业》开篇的那首诗，题为"静止的意识"（The Mind is Still）。你是这样写的："意识是静止的，殷勤的谎言之书／却从未足够安静过。/观点是一群回旋的飞蝇/徘徊在猪槽的上空。"现在再从这首诗的视角切入，好像就很贴切了。

厄休拉·勒古恩：希望如此吧，这本书的标题也取自这首诗。我是很久以前写的这首诗，希望它在语境里讲得通。

大卫·奈门：让我们换个角度，从作品与意识、观点的联系出发，看看人们是如何接受你的作品的。我们都知道《一无所有》是你的代表作，你就它写了一篇很有趣的文章，谈到了关于这本小说的一些学术著作，对于他们的判断，如小说源自一个观点、科幻小说就是关于观点的文学，你是坚决反对的。与其逆来顺受，承受他们的说教，你更愿意和他们抗争到底，并以这样一种姿态为人们所铭记。你是否因为不满人们对《一无所有》的看法，或者批评家在学术作品中对它的论述，所以才写了这样一篇文章？

厄休拉·勒古恩：并没有不满。实际上，我写这篇文章是为了给一本关于《一无所有》的文论集作序。我翻阅这本文集时，惊奇地发现其中的大部分讨论不仅非常专业、具有智识，还读来令人心情舒畅，它们是观点、情感兼而有之。我对观点本身并无意见，我再怎么说也是知识分子的一员。不过，当观点变得说教、自以为是，或者只是为了输出观点而输出观点时，它就会变得很枯燥。没错，《一无所有》常常被当作一本只有想法、观点的书，但我并不是说要特意反对人们对这本小说的评论，我真正反对的是人们如今将文学观点化的趋势，这个问题已经不再局限于科幻小说范畴了。人们教授文学时，常常伴随着这样的问题："作家在说什么？""他要传递什么样的信息？"（懊恼地叹了口气）任何艺术作品都包含了比口头上可以讲清的内容更多的东西。文学批评应该更丰富一些，而不是将一本小说或一首诗简化为可以理解的单层含义。

大卫·奈门：在2002年举办的俄勒冈州文学艺术研讨会上，你有一篇题为"使用说明"（"The Operating Instructions"）的发言，这篇发言恰到好处地描绘了美国对想象力特有的畏惧。在先前的访谈中，我错误地将它和反对将类型小说归为文学的声音混为一谈。我那次说人们对类型小说的偏见在日益消解，这或许意味着美国人对想象力的态度有所好转。你并未给出确切答复，而是强调美国与想象力的关系，相较于类型小说与文学的关系，是一个更为宏大的问题。我们当时并未继续深入讨论这一话题。那么，美国精神究竟出了什么问题，让我们如此畏惧想象力呢？

厄休拉·勒古恩：那篇旧文题为《美国人为何惧怕龙？》。它具体谈到了美国的一种趋势，即美国人趋向于将所有的奇幻作

选 自

《使用说明》

. . .

　　一位诗人被任命为新任大使。一位戏剧家胜选成为总统。建筑工人和业务经理一同排队购买新出版的小说。成年人纷纷翻阅美猴王、独眼巨人，以及疯狂骑士勇斗风车的故事，希冀从中找到道德指南以及智力上的挑战。在这里，人们将识字看作起点，而非终点。

　　……这或许是另一个国度的故事，但绝不会是美国的。在美国，只有在电视故障的时候，人们才会觉得想象力或多或少有些用处。诗歌也好，戏剧也罢，它们与政治都是不相干的。至于小说，不过是给学生、家庭主妇，以及其他没有工作的人用来打发时光的东西。奇幻作品则是为小孩和未开化的人准备的。识字也无非是为了阅读使用说明。但我依旧坚信想象力是人类最重要的工具，相比于能与其他手指相对的大拇指而言，它更胜一筹。我可以想象没有拇指的生活，但如果没有想象力，我何以想象没有想象力的生活呢？

品、天马行空的小说看成专为小孩创作的作品。他们认为这些作品无足轻重，因为它们与时下的股票市场行情无关。这是一种功利的、只重眼前利益的生活态度。狄更斯在小说《艰难时世》（*Hard Times*）中就谈到了这一现象，他嘲讽过于现实的商人，指出他们的世界里只有眼前利益，毫无未来的观念。如果这类思维定式扩散到教育领域（狄更斯对此再清楚不过了），将给孩子的发展造成极大的危害，要知道，想象力可是我们思维能力的重要组成部分。限制想象力或对想象力持以轻蔑的态度，必然会引发恶果，并且它对思想尚未成熟的年轻人而言，危害更甚，因为他们需要学会思考世界、想象事物，并区分什么是想象，什么是现实。我觉得孩子们做得比大人们想象中的要好得多，他们可以判断一个故事是否是童话，他们也可以听出什么是谎言。尽管如此，想象力和理性都是需要培养的，它们和我们的身体一样，同样需要锻炼。我们会刻意锻炼某些理性思维能力，但谈到想象力的训练，美国教育对它的关注却越来越少，我觉得这很可怕。

大卫·奈门：你在《使用说明》中的一段话令我印象深刻，大致是说"家"并不等同于我们的家庭，也不等同于我们的房屋，"家"实际上是与想象力紧密相连的。这里的"想象力"并非意味着虚幻，相反，它在某种意义上比其他看得见、摸得着的存在更为真实。你说："想象出来的家会渐渐变得实在，它比其他任何地方都更为真实，但你要抵达它是有前提的，旁人要首先教会你如何进行想象，不论这些旁人是谁。"关于人们想象"家"、建立社群、创造新的生活方式，以及通过想象实现繁荣的部分，你能否再深入给我们讲讲呢？

厄休拉·勒古恩：这就牵扯到神话在"原始"社会中的功能，当然了，"原始"是我们过去习惯的叫法。在这样的社会里，严肃的长者会郑重地向晚辈讲述族群的神话，从这个角度看，其意义或许就是解决"我是谁"的困惑，比方说"我们是纳瓦霍人"。要想知道我们是谁，很大程度上就是回答我们从哪里来，我们现在居住在哪里，以及我们是不是还有一个更远的归处，那个归处又会是什么样子等问题。要想弄清楚答案，你就需要融入自己的群体，把自己放到地球上一个特定的情境中。要实现这一点，自然离不开丰富的想象力，因此，所有神话在一定意义上都是"不真实"的。不过，它们都在尝试着触及，作为社会群体中的一员，人之为人这一核心问题，因此它至关重要。

大卫·奈门：书中，紧随这篇有关想象力的文章之后的，就是你在2005年文学与生态研讨会上的发言稿，题为《书本里的动物》（"The Beast in the Book"），你在其中谈到了想象力与自然、非人类他者的关系。你提到之前动物和人类一直都是共存在故事、民间传说、童话、寓言之中的，只有到了后工业时代，动物故事才一下子变成小孩的专利。这让我想起了文学小说的一个禁忌，这从很多文学期刊的录用指南就可以清楚地看出来，一个稿件如果有会说话的动物，或者说作者是从动物的角度出发叙事的，那它肯定不会被录用。你觉得将动物题材局限地和儿童捆绑在一起，是一种后工业时代现象，还是说它只是美国后工业时代特有的现象？

厄休拉·勒古恩：这并非美国特有的现象，欧洲文学也是如此。问题的关键就在于，过去我们是和动物生活在一起的，但现在我们不了。过去两百年，人类和动物的关系发生了巨变。过去，你是不可能摆脱动物去生活的，可以说，它们曾经是你生活中不可或缺的组成部分，举几个例子：它们是你田野里共同劳作的伙伴，它们是你食物的来源，它们是你身上毛织品原料的提供者。现在呢，我们也有这些，但我们和动物之间隔了很远的距离，有的人甚至无法忍受和动物待在一间屋子里。他们要是生活在一百年前可怎么办？我真不知道，不过放在一百年前，我想，不论喜欢与否，他们恐怕也只能接受了。现在的孩子，成长过程中有机会和其他人打交道，却很少有机会接触人类以外的生物。难怪我们会有疏离感。我们可以整日宅在城市里，就好像地球上只有人一样。这也就是为什么即使有物种灭绝了，人们也觉得无所谓。你要接触它们，才有可能对它们产生情感，现在的问题就是我们根本不接触它们。文学、儿童故事以及动物故事可以通过想象力去弥补这一缺憾，这也是我觉得它们意义重大的原因，但很多文学界的人并不认同我的观点，他们总觉得凡是关于动物的文字，都会带有多愁善感的味道。在他们看来，感伤主义大概是最不可饶恕的罪孽了。

大卫·奈门：这间屋子除你以外，其实还住着一位作家，就在我们采访期间，他还光顾过好几次我们的访谈室呢。最近，这位名为帕尔德的猫咪作家出版了一本非虚构作品，你能否讲一讲这本书呢？

厄休拉·勒古恩：（笑）我可以说是不知羞耻地将自己当成了帕尔德，代笔替它写了本自传。"不知羞耻"四个字一点不为过，为什么呢？因为我和帕尔德的想法、情感肯定存在**巨大**差异。我把它完全人性化了。不过我希望我不会被冠以"殖民主义"的帽子。我并没有想要同化它，我对它是饱含敬意的。我能理解或者说猜到一些它的感受，我想做的无非是和读者分享这些。事实上，关于他者的创作，动物题材也仅仅是冰山一角。

大卫·奈门：说到这里，你还在文章中提到了 T. H. 怀特（T. H. White）的《石中剑》（*The Sword in the Stone*），并强调了它的重要性。这本书对我个人的成长也意义重大，尤其是书中梅林为了帮助亚瑟王成长，将他幻化成各种动物的情节。

选自
《书本里的动物》

· · ·

我们如今的主流宗教观和道德观，更偏向于物化动物，将它们看作人类的工具。因为在工业社会，我们已经不再和动物一起劳作了。它们不过是厨房里的食材或科学实验室里的小白鼠。动物园和电视自然类节目里的动物，也不过是为了满足人们的好奇心而物色的演员。至于养宠物，也无非是为了确保主人的心理健康。既然如此，为什么还是有许多小孩和成年人喜欢动物和动物题材的故事？他们为何如此着迷，并与动物产生共鸣呢？

我们鼓励孩子阅读动物故事，有意识地培养他们对动物的兴趣，或许是因为觉得他们低我们一等，也就是说他们心智尚未成熟，还处于"起步"阶段，算不得一个心智健全的人。我们因此将宠物、动物园、动物故事看作孩子成长为成年人的"自然"阶梯，这是孩子从无意识、无助的婴儿阶段蜕变为具有灵性、心智成熟的成年人的必要步骤。个体的发育，可以说是再现了存在的巨链的发展史。

但孩子们究竟看到了什么呢？婴儿一看到猫咪就会很兴奋；六岁的小孩可以讲出《彼得兔》（Peter Rabbit）的故事；十二岁

的孩子边哭边读《黑美人》(*Black Beauty*)。我们整个文化都在试图否定一些东西，但孩子们却切身感受到了它们的存在，他们究竟感受到了什么呢？

厄休拉·勒古恩：亚瑟需要体验各种各样的生活，从雄鹰到刺猬，乃至石头，他都要去体验。真是了不起的构想。它对我也有很深远的影响。可惜的是，怀特将《石中剑》收录到《永恒之王》（*The Once and Future King*）以后，去掉了一些最为精华的部分。那些非凡、神秘的元素都不复存在了，取而代之的是一些政治上的口号。大多数读过两个版本的人都觉得后来的改写不成功，所以你如果能找到旧版的话，就最好读旧版。

大卫·奈门：接着，你写道："我们人类创造了一个只有自己和人造物件的狭小世界，但我们并不属于这个世界。"这听起来像一个恐怖故事，我们创造了一个世界，但我们并不适合在这样的地方生活，接着呢，我们的文学也只讲述这个世界的故事，说来说去都是人类自己的事。

厄休拉·勒古恩：我们很适合在人造世界生活，但问题是它只是我们生活在其中的真实世界的很小一部分。这么说吧，与其说这是一个恐怖故事，不如说这是一个存在主义的谬误。

大卫·奈门：我们是否可以再进一步，做出如下推论：人们拒绝将奇幻、科幻小说看作文学，一定程度上是因为这类作品抬高了人类以外的他者的地位。不论是从智慧还是其他层面上看，人类在这些作品中面临着被边缘化的挑战。

厄休拉·勒古恩：你说得不错，而且"拒绝"一词用得很准确。对于科学，人们确实很抗拒。为什么呢？科学会让我们离中心越来越远。我可不是单单在讲哥白尼，大多数科学发现都会引发这样的结果，因为我们本来就不在世界的中心。你一旦意识到地球有多么古老，就会知道人类算不了什么。很多人无法接受这一事实，甚至憎恶它，因为这样的发现会让他们感到自己很渺小，这真的很可悲。如果他们能试着去理解科学，他们将获得一种更深层次的认同感，他们会发现：一直以来，人类都处于非凡而又美妙的历程之中，我们每一个体都是其中的一部分。

大卫·奈门：这本文集里，你对性别、性别歧视、女性主义，以及文学的性别色彩等主题着墨颇多，其中一篇是你在俄勒冈州约瑟夫镇举办的冬季渔栅研讨会上做的发言，名为"女性知道什么"（"What Women Know"），你在文中竭力抵制人们对女性的偏见，即将女性同本能、自然、黑暗联系起来的定见，因为这类定见只会强化大男子主义的观点，将女性贬低为两性中相对原始的一方。我觉得这篇文章和《书本里的动物》有一种潜文本层次的对话。两篇文章好像都在呼吁将人类以外的他者、自然再次带回文学领域，同时，它们也在呼吁破除将自然和女性捆绑在一起的定见。在你的理想世界中，男性可以同黑暗产生关联，相应的，女性也可以同光明产生关联。在理性、观点、行动力主导的天地中，女性理应具有一席之地。我希望你可以再给我们讲讲这一部分，讲一讲你对"自然带有性别色彩"这一观点的质疑。

厄休拉·勒古恩：我觉得这和一个残酷而简单的事实是存在某种关联的，这一事实就是女性能怀孕、生产、哺育小孩。大自然赋予了女性这一能力，这是男性不具备的。我们要思考的是男性到底从中获益了多少。人们声称生产能力是唯一值得重视的能力，其他能力、才能都是次要的，这样的观点，会导致多少人类行为，使最后受益、得到关注的都是男性？这一主题贯穿了我的写作生涯，因为它确实是我们生命中一直存在的一个重大问题。

大卫·奈门：在先前的采访中，我们谈到女性作家面临着被从经典文学中抹除的危机，或者说人们一开始就没有打算让女性进入经典文学的大门。我们谈到了格蕾丝·佩雷离世后被人们逐渐遗忘，我们还对比了 C. J. 彻瑞与威廉·吉布森，他们在同一时期获奖，都引发了不小的关注，但几十年后，吉布森依旧是家喻户晓的名字，听说过彻瑞的人就很少了。因此，当我读到《文字是我的事业》中的《被逐渐遗忘的奶奶》（"Disappearing Grandmothers"）时，备感亲切。文章中，你提到人们借由四种方式将女性作家从经典文学中抹除，或者说让女性作家逐渐淡出文学讨论，它们分别是诋毁、省略、例外和消失。

大卫·奈门：你是从华莱士·斯泰格纳（Wallace Stegner）

的一封信中选取了"被逐渐遗忘的奶奶"这个题目。你记述了斯泰格纳对作家玛丽·福特（Mary Foote）的所作所为，他的做法令人震惊，女性作家就是这样消失的，可以说，这是一个令人懊恼的例子。

厄休拉·勒古恩：玛丽·福特是一位小说家和短篇小说作家，她谈不上拥有多么卓越的文学才能，但她当时也有一定的知名度。她创作过一些非常优秀的作品，因此，她在世的时候还是很有名的。她和华莱士·斯泰格纳之间隔了大概两代人。她写过一本出色的自传，但这本自传并未在她生前出版。〔注：这本自传于1972年出版，但它有一个愚蠢且具有误导性的标题：《居住在西部边陲的维多利亚淑女》（*A Victorian Gentlewoman in the Far West*）。〕后来，福特的孙辈将她的一本自传和数封书信一并给了斯泰格纳。他之后就以她的自传为基础，创作了小说《安息角》（*Angle of Repose*）。我觉得这本书的标题，也多半是斯泰格纳从福特的书里找来的。这是一个地质学术语，指可以让从高处滚落后的岩石停下来的山坡角度。多么动听的书名啊。但他是如何感谢福特的呢？他只是简单地提了一句，感谢她的孙子孙女将"他们奶奶的记忆"送给了他，他甚至连她的名字都没有提。我觉得这是不可饶恕的，总之我无法原谅华莱士·斯泰格纳。他广受读者喜爱，文化界对他也很是推崇，让福特得到她应有的关注和赞扬，对他而言只是举手之劳，但他就是没有这么做，这是不可原谅的。

选自

《被逐渐遗忘的奶奶》

. . .

例外

 谈到男性作家的小说时，人们一般不大会谈及他的性别，但一旦涉及女性作家的小说，人们就会反复讨论她的性别。男性才是标准，女性并不在标准范畴之内，她们被排斥在外。

 文学评论和批评中，我们总可以看到例外和排除的身影。一位批评家或许会迫于压力，承认弗吉尼亚·伍尔夫是一位伟大的英国小说家，但他还是会竭力将她塑造成一个例外，一个美妙的巧合。制造这些例外和排除的技巧是多种多样的：女性作家不是英国小说的"主流"；她的文风"别具一格"，但她对后来的作家并未产生任何影响；她是少数人崇拜的偶像；她是（迷人的、高贵的、尖锐的、感性的、）脆弱的，正如温室里的花朵，她不应该和（粗犷的、有力的、精湛的、）充满活力的男性小说家同台竞技。

 乔伊斯（Joyce）很快就加入了经典作家的行列，相比之下，伍尔夫有好几十年都无法迈过经典的门槛；人们就算勉强接受了她，也有所保留。但如果我们公正评判，就会看出《尤利西斯》（*Ulysses*）虽有丰碑式的意义，但它已然做到了自己的极致，无路可进；相反，是《到灯塔去》细腻、有效的叙述技巧和手法，对后来的小说创作造成了深远影响。乔伊斯选择了"沉默、放逐、狡黠"，过的是隐居生活，他只关注自己的作品和事业。伍尔夫则全身心地投入生活之中，她在英国有一个相当活跃的生活圈，经常和朋友一起讨论文化、性别、政治等话题。她成年后结识了很多作家，她会阅读、评论这些作家的作品，并帮助他们出版。两者中，乔伊斯是脆弱的，伍尔夫才是坚强的那一个。乔伊斯是少数人的偶像，是巧合；伍尔夫才是沃土，是她对20世纪小说造成了持久深远的影响。

尽管如此，批评家也绝不会让女性作家占据经典文学的中心地位，女性说到底只能被放置在边缘地带上。

纵使人们可以认可一位女性作家的一流艺术家地位，排除的闹剧依旧会继续上演。简·奥斯丁（Jane Austen）备受推崇，但人们经常会将她看作一个特例，而非可以模仿的范例，也就是说，她是一个完美的巧合。她无法被抹除，但她也无法被全然接纳。

一位女性作家在世时面对的诋毁、省略、例外，将是她离世后消失的前奏。

谈非虚构作品

大卫·奈门：之前，我们讨论了如何想象你家猫咪的内心世界，你提到作家描写他者时，可能会掉入一些陷阱。你还参加过一档叫"弥补缺憾"的节目，这个节目会邀请作家推荐一本他们认为值得再版的绝版书，你选的是查尔斯·L. 麦克尼库斯（Charles L. McNichols）的《疯狂天气》（*Crazy Weather*）。你先后两次阅读它，第一次是在青年时代，第二次则是在七十多年以后。麦克尼库斯是白人，但这本书讲述的是莫哈维人及其神话的故事，因此，它能让我们对书写他者进行很多有趣的思考。近些年以来，"书写他者"一直都是文学领域的热议话题，兰诺·丝薇佛（Lionel Shriver）在一次演讲中，曾挑衅地戴着墨西哥阔边草帽，声称自己有权利想写什么就写什么，至于人们怎么接受她的作品，那是他们的事，与她无关。她臭名昭著的演讲再次将这一话题推到了风口浪尖之上。那么，你对书写他者有何思考？我们在描写不同于我们种族、性别等的其他存在时，又会面对什么样的风险和机遇？

厄休拉·勒古恩：大卫，这个话题绝对是马蜂窝啊，人们已经就此讨论了几十年。对"非我同类"的人，你究竟可以在多大程度上代表他们发言？我父亲是人类学家，他就时时刻刻面对着这一难题。你或许是在尝试理解他们，但什么情况下，这种理解会变成同化的行径呢？我们可以看到，自费尼莫尔·库柏（Fenimore Cooper）以来，白人就在以一种极其糟糕、明显的方式同化印第安人，取代他们去发声。有相当一段时间，白人就是在占用印第安人的声音，要知道，尽管印第安人当时在文学上没有产出什么作品，但他们一直都有自己的口头文学，他们是拥有自己的声音和态度的，白人对此却置若罔闻，依旧用自己的目光阐释印第安人的想法。如今，类似的现象依然存在。男性替代女性发声的现象也维系了上千年，这就是为什么在文学等诸多领域中，我们曾听不到女性的声音；并且他们现在依旧在这么做。不过，如果你把这个问题极端政治化，断言没有人可以替别人发声，你就又走极端了。我们要强调的是对于那些尚未发声的群体，我们不能想当然地代表他们，替代他们发声。当然，一谈到动物，问题就又变得棘手了，因为它们不会说话。动物无法像我们一样使用语言，这是无法改变的客观事实。但我们究竟能在多大程度上代替动物发声呢？答案是"很有限"。但另一方面，你也不必像行为科学家一样，认为我们无法理解动物的感受，就得出动物没有感受的结论；认为我们无法了解动物的想法，就得出动物没有想法的结论。抑或是像维特根斯坦一样，认为狮子即使会说话，我们也无法理解它们。这样的观点不一定对。我们能做的就是尽量想象他者的世界。在这一过程中，我们每一步都要走得十分谨慎，否则我们就会掉入同化他者的陷阱里，借他者的躯体表达自己的想法，最后还觉得自己是在替别人发声。总之，我们要始终保持审慎的态度。

大卫·奈门：所以你推荐查尔斯·L.麦克尼库斯的《疯狂天气》，也是将它看作书写他者的范例。

厄休拉·勒古恩：没错，而且我是有意承担了一些风险的。我很清楚印第安人是怎样看待白人替他们发声的，他们也完全有理由这么做。我之所以挑这本小说，是因为这位白人作家并没有写一个印第安人的故事，他实际上讲述的是一个小男孩被莫哈维人抚养长大的故事。我觉得麦克尼库斯很可能有过类似的经历，要不然他不可能了解得如此清楚，也不可能为读者提供这样的内部视角。另外，小说的前言是一位印第安祖母写的，她对麦克尼库斯的创作呈完全赞同的口吻。因此，我觉得他的作品是成功的，他在创作过程中很谨慎，避免了之前同化印第安人的歧路。阅读这本小说，你会获得与众不同的阅读体验，它充满人性的光辉、情感的共鸣，同时又是如此的新奇。小说可以实现很多了不起的事情，这也是其中之一。

大卫·奈门：《文字是我的事业》有一个章节是专门用来介绍书籍、评议作家的。我们阅读这一章节时，可以了解一些你的有趣经历，比方说你和菲利普·迪克毕业于同一所高中，但你们当时并无交集；再比如20世纪70年代，美国科幻作家协会出于冷战政治的考量，取消了斯坦尼斯拉夫·莱姆（Stanislaw Lem）的荣誉会员身份，你为了抗议这一决定，拒绝过一次星云奖，后来这一奖项颁给了冷战斗士艾萨克·阿西莫夫（Isaac Asimov）。

厄休拉·勒古恩：这是我应得的结果，谁让我当时那么自以为是呢。

大卫·奈门：你在这一章节中讨论了很多作家，其中，我一直希望能和你当面讨论的是若泽·萨拉马戈（José Saramago），以及他对你的重大影响。书中有你对他的评议和数篇书评。你说过，在与你同时代的诸多小说家中，还能为你提供养分的，也就萨拉马戈一人。他为什么至今还对你有如此大的吸引力呢？

厄休拉·勒古恩：这一切都得从诗人娜奥米·雷普兰斯基（Naomi Replansky）说起，她现在九十九岁，居住在纽约，我和她是以笔友的形式认识的。娜奥米读了萨拉马戈的小说《失明症漫记》（*Blindness*）后，告诉我："萨拉马戈写得太好了，你必须读一读。"我对娜奥米是言听计从，所以我也弄了本，但我对这本小说真的是怕得要命，我就是没法读下去。小说的内容太吓人了，而且特别难读，书里面根本没有段落划分，也很少有标点符号。萨拉马戈好像有意刁难读者，刻意放慢他们的阅读速度。我退却了，但我又隐约觉得错过了什么，于是又捡起了这本小说，之后又买了几本萨拉马戈的其他作品开始攻读。我是很晚才开始接触他的，大概也就是过去十年到十五年之间。他并没有比我大多少，大概也就十岁。他是很晚才开始创作小说的，并且一直到七八十岁，都笔耕不辍。这非常了不起，同时对我而言也是一个很好的信号，就算年龄大了，我也可以继续写。我后来投入了更多的时间阅读萨拉马戈，也受益良多。他的作品确实不好读，其中别具一格的段落划分和标点使用就是一大障碍，但你要容许他有自己的个性。我到现在也没弄懂他为什么要这么写，但我觉得像他这样出色的艺术家，这么做肯定有他自己的道理。他是一个马克思主义者，很左，但他也不是正儿八经的马克思主义者，应该说他是一位社会主义人士，他一直都在极力反对他的家乡葡萄牙的专政，并积极同葡萄牙国内天主教势力的高压统治做斗争。他是一个有着高度道德感的人，对社会各界的弱势群体都饱含同情心，其中就包括女性和生活在社会底层的人。总之，他俘获了我的心。不得不说，诺贝尔委员会当年做了一个出色的选择，否则我就有可能这辈子都没有机会去阅读他了。我觉得对多数读者都是如此，因为用葡萄牙语写作，对作家而言无异于一种诅咒，毕竟你如果用"小"语种写作，还要打开局面，就势必要比其他人付出更多的努力。不过也不好说，因为他的作品一经出版，多半就会被译成西班牙语，所以他也有可能逐渐走入人们的视野。不论如何，我很庆幸他们给他颁发了诺贝尔文学奖。

大卫·奈门：我们之前有谈过你的书评。在我看来，你的书评对广大作家和有志成为作家的人而言，是很好的写作技巧课。你关于大卫·米切尔《骨钟》、柴纳·米耶维尔《大使镇》（China Miéville, *Embassytown*）以及克蒂丝·希坦菲《中意选择》（Curtis Sittenfeld, *Eligible*）的三篇书评更是如此，它们都令我印象深刻。我发现你写评论是绝不会心慈手软的，尤其是对那些在科幻、奇幻写作领域明明属于外行，却又对科幻、奇幻作品评头论足、妄加断言的作家。你最近写了一篇关于科马克·麦卡锡《路》（Cormac McCarthy, *The Road*）以及李昌来《在那样辽阔的海上》（Chang-Rae Lee, *On Such a Full Sea*）的书评，我觉得他们就是在这个方面激怒了你。

厄休拉·勒古恩： 我并没有写《路》的书评，我只是写李昌来的书评时试图谈几句《路》罢了。

大卫·奈门： 那么，科幻、奇幻界以外的作家尝试科幻、奇幻题材时，常常会犯哪些错误，令你不快呢？

厄休拉·勒古恩： 问题就在于他们没怎么读过科幻小说。他们并不知道科幻小说能实现什么，也不了解科幻小说是关于什么的，最后的结果就是他们经常会卖力地重复发明轮子，做无用功。他们有了一个想法，但实际上这只是科幻小说里司空见惯的想法罢了。科幻小说家早已通过多种文学表现形式，在他们的作品里书写了上千遍类似的想法。可惜我们教文学时是将科幻小说排除在外的，这就导致他们对科幻小说一无所知，所以他们很容易捡起一个陈旧不堪的想法，然后高调宣布："瞧！我找到了一个了不得的点子！"

大卫·奈门：你有一篇关于玛格丽特·阿特伍德《洪水之年》（*The Year of the Flood*）的书评，你写这篇文章时是遇到过一些困难的，因为一方面，你很欣赏阿特伍德，她是公认的最杰出的在世科幻作家之一；但另一方面，她又一再宣称自己不写科幻小说。她的这一坚持让你写书评时，多少有些不知如何下笔。你能否再稍微讲讲你写阿特伍德的书评时遇到的挑战？

厄休拉·勒古恩：她拒绝将自己的作品纳入科幻小说的类别，是因为她对科幻小说的定义过于狭隘。她眼中的科幻小说更像是奇幻小说，讲述的是地球上不可能发生的故事，或者说是地球之外发生的故事。不过，玛格丽特啊，你对科幻小说的定义并不准确。很多科幻小说，就是关乎此时此刻地球上正在发生的事。当然，它们一般都会稍微预测一下未来的情形，玛格丽特的科幻小说也是如此，她会思考地球的现状，尤其是政治领域中的趋势，然后对未来加以预测，写出自己的作品，高呼"天哪，未来竟会变成这样"，她的预言大多呈灰暗色彩。说到底，这就是一个古老的科幻小说技巧。我不知道她为什么如此抵触人们将她的作品归为科幻小说。这确实很难解释。不过不难想象，一种可能性就是她的出版商不愿意将她的作品归为科幻小说，要是她的作品都是科幻小说，她就变成类型小说家了，这会影响到她作品的销量。不过，这样愚蠢的解释，在玛格丽特·阿特伍德这样睿智深邃的人这里是站不住脚的，她绝不会出于这样的动机做事。作为作家，我们彼此欣赏，但有时候因为这个问题，我们之间也会不太愉快。我只是坚持认为，在我写科幻小说时，我知道它是什么，我也知道我正在写它。所以我只要是在写科幻小说，就绝不会给它贴上其他标签。同理，如果我创作的不是科幻小说，我也不希望人们仅仅因为我是科幻小说家，就将我所有的作品都简单地归为科幻小说。类别对我来说是很重要的。总之，我评论阿特伍德的作品时，常常如履薄冰，好在过程是有趣的。

大卫·奈门：这或许是一个请你朗读《论严肃文学》（"On Serious Literature"）的好时机？

厄休拉·勒古恩：（翻阅手中的书）啊！（开始大笑）我刚才一下子没想起这篇文章的内容！我当时写它，是为了回应萝丝·富兰克林（Ruth Franklin）发表于2007年5月《石板》（*Slate*）杂志上的一篇书评。她在评论中写道："严肃文学作家早已埋葬了类型小说，迈克尔·夏邦（Michael Chabon）却还不死心，他来到阴森的类型小说坟墓旁，用力地想要将它腐烂的身躯从墓里拽出来。"下文是我的回应。

《论严肃文学》

. . .

深夜，不知是什么吵醒了她。是楼梯传来的脚步声？好像有人穿着湿透了的训练鞋，在一个台阶、一个台阶地慢慢上楼梯……不过是谁呢？而且鞋子为何是湿的？最近也没下雨。听，又来了，沉闷、湿漉漉的响声，但明明好几周没下雨了啊。最近天气一直很闷热，空气也很低沉，弥漫着一股倒人胃口的霉变、腐烂气息，其间还夹杂着怪异的甜味，就好像意大利香肠放久了，或德国肝肠变绿了的味道。听，又来了，缓慢、嘎吱嘎吱的脚步声，刺鼻的味道也更为浓烈了。肯定有东西在上楼梯，朝着她的房间慢慢靠近。果然，不一会，她就听到刺穿腐肉的跟骨行走时发出的咔嗒响声。她知道是什么了，但它明明死了，对啊，明明死了的！该死的夏邦，是他将这家伙从坟墓里拽出来的。她和其他严肃文学作家一起埋葬了它，为的就是让严肃文学免受它的污染。它那惨白、长满脓包的脸，以及它那腐烂双目中了无生气、呆滞的眼神，想想就可怕！夏邦这个混蛋，他以为他在做什么？严肃文学作家和批评家一次次举办仪式，郑重地驱逐它，不厌其烦地诅咒它，尖刻地嘲讽它。他们一次次拿起木桩，刺穿它的心脏，在它的坟墓上庄严地跳舞。这一切的一切，他都视若无睹吗？他难道不想保留雅多艺术社区的纯洁性吗？他难道不了解区别科幻小说和正经虚构作品的重要性吗？他难道不知道科马克·麦卡锡——尽管麦卡锡的创作和很多早期科幻小说都有共通之处（除了对生僻词语大胆精彩地使用），都讲述了大灾难过后，人们穿越整个国度的故事——在任何情况下都不能被称为"科幻小说家"吗？因为麦卡锡是严肃文学作家啊，**就凭这个名头**，他是绝不会屈尊去写类型小说的。会不会是因为有几个疯子评委给他颁发了普利策奖，他就忘记了"主流"一词的神圣内涵？不！她不能让它一路咯吱地闯入她的闺房，凌驾于她之上。它浑身散发着火箭燃料或者氪元素的恶心气味；它发出声响，就如同荒野中的老宅，在狂风中响起嘎吱的声音；它的大脑，就如同梨一般从内部腐烂，灰色的细胞从它的双耳中滴答掉落。但是它对她的呼唤，不知怎的，她竟无法抗拒。它朝她伸出了手，腐烂的手指上，她看到一个火一般耀眼的金戒指。她无奈地叹了口气。他们当初怎么就把坟墓挖得那么浅呢？他们不应该如此应付差事，把它那样留下来的。她当时大喊："再挖深些！再挖深些！"但他们根本不听她的劝告。现在好了，在她最需要这些严肃文学作家、批评家的时候，他们又在哪里呢？她的《尤利西斯》放到哪里去了？她的床头桌上只有一本菲利普·罗斯（Philip Roth）的小说，是用来垫阅读灯的。她将这本薄薄的书从灯下抽了出来，试图阻挡面前可怖的怪兽，但它分量太轻了。现在就连罗斯也救不了她了。它的手就这样放到了她的身上，那手就如同长有鳞片一般令人战栗，它的戒指也碰到了她，像炙热的火炭，在她身上留下了烙印。接着，类型小说朝着她的脸吐出了死亡气息，一切都不可挽回了。她被玷污了，这与死亡也没有多大区别。《格兰塔》（*Granta*）杂志再也不会邀请她撰稿了。

大卫·奈门：厄休拉，我太喜欢这篇文章了。

厄休拉·勒古恩：很刻薄，对吧？

大卫·奈门：你肯定很享受这篇文章的创作过程。

厄休拉·勒古恩：一点没错，我喜欢复仇的滋味！